BBULMEDIA

http://www.bbulmedia.com

신의 반란

신의 반란

1판 1쇄 찍음 2014년 4월 2일
1판 1쇄 펴냄 2014년 4월 7일

지은이 | 산수화
펴낸이 | 정 필
펴낸곳 | 도서출판 **뿔미디어**

편집장 | 이재권
기획 · 편집 | 윤영상

출판등록 | 2002년 9월 11일 (제1081-1-132호)
주소 | 부천시 원미구 상3동 533-3 아트프라자 503호 (우)420-861
전화 | 032)651-6513 / 팩스 032)651-6094
E-mail | bbulmedia@hanmail.net
홈페이지 | http://bbulmedia.com

값 8,000원

ISBN 979-11-7003-305-9 04810
ISBN 978-89-6775-939-1 04810 (세트)

※파본은 구입하신 서점에서 교환하여 드립니다.

신의 반란

4

선왕의 분노

산수화 판타지 장편 소설

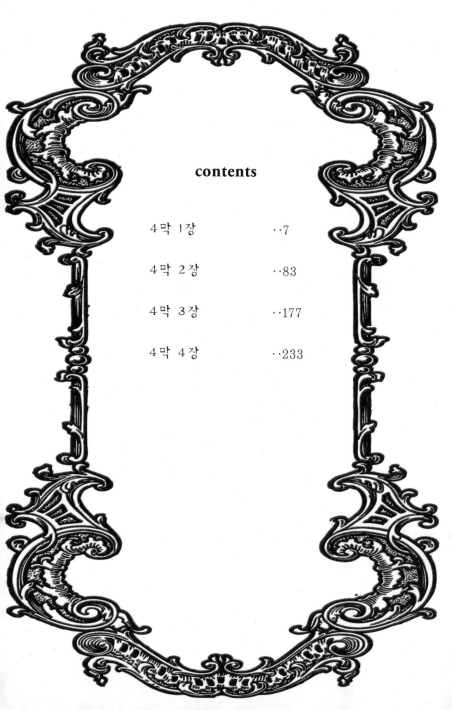

contents

4막 1장

"학자로서 자부심이 높고 그 자부심을 유지할 수 있을 역량을 가진 이라고 나는 스스로 생각했다. 그러나 사람이 만들어 사람이 멸망시킨 최초의 왕국, 판주아에 대해서는 언제나 모호할 수밖에 없음을 깨닫고 좌절했다. 판주아는 신비의 쌓인 나라다. 선조들의 예법, 선조들의 어법, 선조들의 서법 등 그분들 역시 고대 왕국에 비견할 만한 많은 것들을 올려 쌓았을 것이다. 하지만 나라가 멸망하면서 판주아의 모든 것이 사라졌다. 판주아 왕국이 무너지기 전, 그 나라의 속했던 모든 선조들이 나라가 멸망함에도 살아남아 후대에게 지식을 전수했지만 신기하게도 그분들은 망국(亡國)의 한 때문인지, 혹은 괴이한 저주라도 걸렸던 것인지 대부분의 예법, 어법, 서법 등을 잊어버리셨다.

전화의 불길로 태워져 극소수만 남은 죽편과 목판이 없었다면 우리는 판주아라는 왕국 자체도 몰랐으리라. 연군성의 존재 이유가 거기에 있다. 우리는 현자성의 학자들보다 더, 희망의 성 전사들보다도 더, 법정성의 법관들보다도 더한 의무감을 갖고 역사의 진실을 파헤칠 의무가 있다. 단체로 저주에라도 걸린 듯 왕국의 지식을 잊어버린 선조들을 대신하여 우리는 그분들의 발자취와 혁명적인 신위들을 수렴, 민간의 발전을 도모할 의무가 있다."

—'연군성' 초대 성주 바라트—

아무르는 책을 펴 들었다.

이제 반의 반도 남지 않은 책의 양은 그녀를 다소 안타깝게 만들었지만, 유쾌하리만치 직설적이고 호쾌한 작자의 글을 대했던 그녀는 몇 번을 읽어도 부족하지 않을 책이라 생각했다.

전부 읽었다면, 다시 처음부터 읽어도 된다.

그럴 가치가 있는 책이다.

그녀의 맑은 눈이 책을 훑어갔다.

사람의 상상력이 본능보다 좋은 이유는 본능을

내리 누르고 본능을 만들어 내고 본능을 채워 줄 수 있기 때문이다.

사람의 상상력이 본능보다 나쁜 이유는 오로지 자신의 본능을 위해서만 발달되어 만인을 퇴폐시키기 때문이다.

사람의 상상력은 양날의 검이다. 후회와 번민, 희망, 꿈 등등 인간의 양적, 질적인 삶을 향상시키기도 또한 좌절시키기도 한다. 그러나 어리석은 인간의 과거를 되돌아볼 때 우리의 상상력이 쏟아 내는 결과물은 그다지 좋은 방향으로 나아가지 못하고 있다.

냉정해져라.

이성적인 삶을 살라.

지독해져라.

그러나 단 한 가지를 명심해야만 한다.

풍부한 감정으로 세상의 해악을 끼치는 인간이 단 하나 명심해야 할 것.

이성적으로 살되, 자연 앞에 겸허하라.

친절로 위장한 자연의 거짓된 폭력에서 살아남을 수 있는 방법은 신이 되지 않는 한 자연에 굴복

하는 수밖에 없으리라.

만약 이 글을 보는 독자가, 본인이 신이 될 수 있는 방법을 알고 있다면 필자가 쓴 이 글을 무시해도 좋겠지만, 그래도 경계하는 편이 앞날에 좋을 듯하다.

신은 자연의 일부이며, 또한 전체이기도 하다.

한 개인의 주체로써의 신이 자연이라는 거대한 신에 맞서 싸워 이길 수 있는 방법을 나는 상상할 수 없다.

모두가 자연 앞에 겸허하라. 끔찍한 파멸을 맞이하고 싶지 않다면.

자연은 자연이기에 가장 냉정한 기만을 부릴 수 있다.

자연은 자연이기에 가장 잔혹한 섭리를 가질 수 있다.

마지막 문장은 소름이 오싹 돋게 하는 마력이 있었다.

아무르는 괜스레 떨떠름한 기분을 잊기 위해 머리를 흔들었다.

그러나 마치 주문처럼 머리 한편으로 다가오는 마지막 문장을 떨쳐 내기 어려웠다.

모두가 자연 앞에 겸허하라.

염세관을 품으라는 사람이, 성인을 사기꾼에 불과하다며 성토했던 사람이 자연 앞에 겸허하라는 말을 할 줄은 그녀도 상상하지 못했다.

독특한 관점으로 언제나 세상을 조롱하고 유린해 왔던 강렬한 필체가 조금씩 유려해지는 느낌이었다.

그러나 그 비아냥은 더할 나위 없이 강력하다.

'심경의 변화라도 있었던 걸까?'

한 번에 적어 낸 책은 아닐 것이다.

시간이 날 때마다, 자신의 느낌을 그때그때 적어 났다는 느낌이 강한 책.

무수한 민담이나 세속적인 이야기 사이에서도 한 번씩 이렇게 '깨달음'의 영역에서 노니는 글들이 책에는 수록돼 있었다.

그녀는 몇 번 더 책을 읽다가 이내 불편한 심정을 누르지 못하고 덮었다.

그 불편함이 책에서 오는 것은 분명했다. 왠지

오늘은 더 이상 책을 봐서는 안 될 느낌.

'도대체 필자가 누굴까.'

평범한 사람은 당연히도 아닐 것이다.

이토록 가슴 절절히 사람의 가슴을 파고드는 언사를 내뱉는 자가 결코 평범한 사람일 리가 없다.

책에는 수많은 지혜와 지식, 그리고 딱딱하면서도 장중한 필체가 유감없이 드러난다.

또한 스스로의 논리를 펼치는 데에 주저함이 없고, 거의 확신에 들어차 있었다.

아무르는 지식이 많은 자일수록 '확신' 이라는 영역을 '확신' 하기가 힘듦을 알고 있었다.

이 책의 저자는 그렇지 않다. 더할 나위 없는 진리인 듯 설파한다.

세상 모든 이들의 지탄을 받을 만한 냉혹한 글들임에도 힘이 넘쳤다.

아무르는 감히 이 책의 저자를 함부로 판단할 수 없었다.

'자연 앞에 겸허하라.'

이 글귀를 읽기 전에도 느낌을 받은 적이 많았던 아무르였다.

이 책을 쓴 저자는 소름이 돋을 만큼 냉혹한 비판을 구사하지만, 이렇게 종종 조용히 스며드는 감동을 불러일으킬 때도 많다. 물론 그 또한 비꼼의 일부였지만.

순간 아무르는 호들갑을 떨 정도로 놀랐다.

진중하고 자존심 강한 그녀가 호들갑을 떨 정도라면 제법 과하게 놀랐다는 의미리라.

'필자가 한 명일까?'

제목도, 필자의 성명도 적혀 있지 않다.

책 한 권을 집필하기 위해서 한 명의 필자만 필요할까? 그렇지 않다. 굳이 이야기를 꺼내자면, 두 명이 쓸 필요성이나 세 명이 쓸 필요성은 없다.

당연히 백 명이나 이백 명이 책 한 권을 쓰기 위해 머리를 싸매야만 할 필요성은 없다.

그러나 한 명이 반드시 써야 한다는 법도 없다.

아무르의 머리 한구석에 불빛이 확 일어났다가 사그라졌다.

일관된 내용이라 생각하기에는 무리가 있었다.

필체는 비슷비슷했지만 한 장에 냉소적인 내용

이 깃들었다가 다시 한 장만 넘겨도 마치 시체의 얼굴에 하얀 천을 덮어 생전의 고귀함과 당장의 이질감을 덮는 것 마냥 감동적인 글귀도 완연하다.

한 명이 저지른 죄를, 다른 한 명이 덮는 것처럼 보인다.

느낌이 그러하다. 아무르는 오소소 돋는 소름을 느꼈다. 뭔가 굉장히 비밀스러운 무언가를 자신만이 본 것 같았다.

'맞아. 적어도 두 명의 저자가 개입된 책이다.'

옆에 누군가가 있다면 그녀는 당장이라도 이 사실을 꺼내 들어 일장토론을 벌이고 싶었다.

그러나 일행 중 그녀와 제법 멋들어진 토론을 나눌 만한 인간은 단 둘이었는데 그중 한 명은 흡혈귀에게 피를 먹이기 위해 저 멀리 숲으로 들어가 있었고, 다른 한 명은 사람이라고 보기에 무리가 있는 거인에게 육체적 지도를 받고 있었다.

그녀는 아쉬웠다.

고르고는 숨을 할딱이면서도 제법 날이 선 눈으로 단검을 잡고 있었다.

단검은 잘 가꿨는지 제법 흉흉한 빛을 발하고 있었다. 물론 눈앞의 거인에게 이 정도 단검은 거의 이쑤시개나 다름없는 앙증맞음이라 해도 무리가 없을 것이다.

"자, 덤벼 보시오."

몰란덱은 큼직한 손을 들어 까딱였다.

그 까딱이는 동작은 전혀 폭력적이지 않았지만, 평범한 사람의 얼굴에 붙여 까딱이는 순간 주먹으로 턱을 후려 맞는 것보다 파괴력이 강할 것이라 짐작될 정도로 매서운 소리를 동반했다.

고르고는 듣기에도 민망한 소리를 내지르며 몰란덱에게 돌진했다. 여러모로 무시무시한 광경이었다.

거의 꼬마가 어른에게 달려드는 것과 진배가 없었다.

그렇지만 고르고의 토막 같은 몸은 주저가 없었고, 앞뒤 상황 모르는 사람이었다면 이 비쩍 마른 학자의 돌격을 보고 박수를 쳤을 것이다.

누가 봐도 압도적인 전력 차이 앞에서 돌진할 수 있다는 건 평범한 사람으로서 꿈꿀 수 없는 강심장의 소유자만이 가능하다.

게다가 평범한 사람보다 훨씬 느려 터진 고르고의 몸인지라 그 찬사는 빛을 발할 것이다.

몰란덱은 콧방귀로 자신의 심정을 대변해 주고는 손가락 두 개를 들어 고르고의 몸통을 가볍게 쳤다.

사람의 손가락이 얼마나 큰지를 확인하기 위해서 줄자가 필요할 지경이었다.

큼직한 손가락은 힘도 어마어마해서 지친 고르고의 몸뚱이를 옆으로 2미터 가량을 날려 버렸다.

풀썩 쓰러진 고르고는 거친 숨을 토해 냈다.

몰란덱은 입맛을 쩍 다시며 그에게 다가가 말했다.

"그래도 삼 일 전보다 훨씬 낫소. 체력도 조금 좋아진 것 같기도 하고."

"헉헉. 전혀 위로가 안 되는군요."

"위로한답시고 한 말 아니니까 상관없소. 특히 초장과 중반에 내 눈으로 흙을 뿌리면서 빈틈을 유발한 건 제법이었소. 단련되지 않은 사람이 싸우기 위해서는 머리도 굴릴 줄 알아야 하지. 손만 휘두르면서 기만술까지 펼치다니, 의외로 몸만 건장했으면 투사로 자라날 재목이었을지 모르겠군."

아무르는 몰란덱의 말을 들으면서, 그것이 비겁함에 지탄을 받는 것이 아니라 머리를 굴려 칭찬을 받는다는 것에 놀랐다.

고르고도 민망한지 상체를 세우며 멋쩍은 웃음을 지었다.

"날 너무 좋게 보는 겁니다. 당신에게 일격이라도 먹이려면 별수 없었습니다."

"싸움이라는 게 원래 그렇소. 기술에 통달한 사람이 아니라면 결국 처음부터 마지막까지 막싸움이거든. 애초에 죽이기 위한 싸움이라면 사실상 독을 써도 당한 자는 할 말이 없지. 죽고 사는데 비겁한 거 따져 봐야 무의미하지 않겠소?"

"몰란덱이 그런 말을 할 줄은 몰랐습니다. 자부심 높은 전사는 자신의 힘만을 믿는다고 하지 않아요?"

"자부심은 개뿔. 나는 독을 쓰는 놈이 있으면 당장 잡아다가 목을 두어 바퀴 돌려 줄 의향은 가

지고 있소. 난 그게 싫소. 그렇지만 감정과 죽음은
다르지 않겠소? 독에 당해 억울하다지만 죽으면
울분을 풀 데가 없소."

꽤나 신선한 사상이었다.

고르고는 비겁하기 짝이 없는 독에 대해, 좋게는
생각하지 않아도 그 또한 무기가 될 수 있음을 말
하는 몰란덱에게 제법 큰 감명을 받았다.

하지만 절대로 사용하고 싶지는 않았다.

아군이라 한들 독을 쓴다면 몰란덱이 곱게 보진
않을 것 같은 느낌이 강하게 들었던 것이다.

사실 쓸 독도 없다.

"오늘은 여기까지 합시다. 더 힘쓰다가는 나중
에 걷지도 못할 거 아니오."

마침 숲으로 들어가 쿨리아에게 피를 주었던 바
한 역시 걸어오고 있었다.

바한의 등 뒤에는 큰 죄라도 지은 것 마냥 고개
를 푹 숙인 쿨리아가 있었다.

유난히 창백한 얼굴이었지만 몰란덱은 왠지 혈
색 좋아 보인다는 느낌을 받았다. 바한의 피를 제
대로 빤 모양이다.

세상 좋게 누워서 쿨쿨 자고 있는 가빌라를 보며 공연히 심통이 난 쿨리아는 못 본 척 그의 머리통을 차 버리곤 바한의 뒤를 따랐다.

자다가 느닷없이 봉변을 당한 가빌라는 기겁하며 주위를 둘러보았다.

엄청나게 빠른 속도로 바한의 뒤에 붙은 쿨리아였기에 그는 범인을 찾을 수 없었다.

고르고는 킥킥대며 웃었다.

조용히 엎드려 눈을 감은 늑대는 벌떡 일어나 바한과 쿨리아의 주변을 맴돌았다. 워낙 빠른지라 아무르는 눈이 다 어지러웠다.

늑대의 머리를 몇 번 쓰다듬어 준 바한이 자리에 앉자 모두 옹기종기 그 주변으로 모여들었다.

앉자마자 입을 연 건 몰란덱이었다.

"이제 얼마나 더 가면 목적지에 도달할 수 있겠소?"

"넉넉잡아 삼 일 정도 걸릴 겁니다. 그렇지만 목적지라는 곳의 영역이 워낙 넓어 그곳을 다 뒤지려면 시일이 꽤나 걸리겠지요. 이제부터는 조심해야 합니다."

일행 전체의 분위기가 딴딴하게 달아올랐다.

바한이 조심하라고 하면 진짜 조심해야 한다.

어쭙잖은 강아지 무리를 보고 조심하라는 바한
이 아니다.

"부활화가 있다고 예상되는 곳에는 실상 광신자
들의 무리가 진을 치고 있습니다. 지금까지 우리를
괴롭혔던 예전의 광신자들을 상상하고 있다면 잊
는 게 좋습니다. 놈들은 어린 개체였고 머리는 제
법 똑똑했지만, 경험이 적어 약한 복수신에게도 이
따금 잡아먹히는 녀석들입니다. 그렇지만 이제는
다릅니다."

아무르는 바한의 눈동자가 유난히 빛난다고 느
꼈다.

"성체 광신자는 경험 많은 노련한 사냥꾼입니다.
어린 광신자들의 신선함은 없지만, 경험이라는 무
서운 어금니를 품고 있습니다. 크기도 더 크고 흉
포함 또한 남다릅니다. 당연히 힘도 셀 것입니다.
그들은 작은 무리를 지으며 사냥을 하는데, 무리
하나가 칼표범 성체도 가볍게 사냥할 정도입니다.
어린 산신 호랑이나 무지개 사자를 잡는 경우도 있

습니다. 능수능란한 전략가 타입의 광신자는 하나의 무리로 다가올 때 오히려 칼표범 몇 마리보다도 까다롭습니다."

왠지 딸꾹질이 나올 것 같다고 생각하며 고르고는 입을 막았다.

일전에 일행을 습격했던 광신자들은 추억거리로 되돌릴 만한 조금의 필요성도 느끼기 힘들었다. 그런데 그놈들보다 더 흉포하고 큰 녀석들이 몰려온다니 기가 찰 지경이다.

아무르가 심각하게 물었다.

"달리 안전한 길이 있나요?"

"안전한 길은 없습니다. 그저 우리가 주의를 기울일 수밖에 없습니다. 그들은 시각도 인간보다 뛰어나고 특히나 후각이 발달했습니다. 위안될 거리가 있다면, 사람의 냄새를 맡은 지 오래되었기에 초반부터 공격이 아닌 호기심으로 접근할 가능성이 다분합니다. 광신자의 좋은 점이라면 무턱대고 사냥하지 않는 신중함이겠지요. 또한 그들은 고양이과 맹수들이 갖는 특유의 조심함과는 달리 은신에 적합하지 않아 귀만 잘 기울이면 멀리서도 오는 걸 느낄 수 있습니다."

전혀 위안거리가 되질 못했다.

아무르는 입술을 꼬옥 깨물었다. 그나마 바한과 몰란덱의 힘으로 인해 잘 헤쳐 나온 길이었지만 앞으로 걷는 길은 지옥 같은 길이 될 것이다. 어쩐지 예감이 좋지 않았다.

그녀는 고개를 홱홱 돌리며 잔 생각을 떨쳤다.

바한의 입이 다시 한 번 열릴 때, 가빌라가 끼어 들었다.

"근데, 궁금해서 그러는데 말이오. 광신자가 뭐 요?"

몰란덱의 눈빛은 망치보다 뭉툭한 화살로 변해 가빌라의 몸으로 돌진했다.

가빌라는 기마민족 최고의 전사라 자부하는 가 슴에 금이 가는 걸 느꼈지만 감히 고개를 들 수 없 었다.

상상이지만 광한수림으로 파견되었던 산신성 정 예 부대가 통째로 덤벼들어도 왠지 몰란덱 앞에서 설설 기게 될 것 같았다.

아무르는 쌤통이라고 생각하며 입을 열었다.

"그렇다면 최대한 조심해서 가야겠군요."

"아닙니다."

"네?"

"이제부터 가는 길은 평범한 속도로 건너되 광신자가 우리를 발견한 순간부터는 무조건 돌파행입니다. 뒤도 옆도 돌아볼 필요가 없는, 일직선상의 무차별한 돌파가 필요합니다. 어차피 광신자 무리 하나를 없앤다면 그 피 냄새를 맡고 많은 광신자들이 우리를 노릴 겁니다. 가만히 앉아서 둘러싸이느니 정면 돌파가 백 번 낫습니다."

전투의 경험에서는 몰란덱 역시 바한에게 뒤지지 않았지만, 이런 야생동물과의 싸움에서는 단연 바한의 지식과 경험이 최고다.

몰란덱은 고개를 주억거렸다.

"그냥 상대라면 몰라도 시각도 좋고 후각이 월등한 짐승들과의 싸움이라면 차라리 그게 나을지도 모르겠소. 게다가 놈들이나 우리나 나무를 건드리기 어려운 처지이니 그것도 이용할 수 있겠구면. 그놈들 머리는 좋을지 몰라도 유연하지는 않는 것 같던데, 함부로 발톱 휘두르진 않을 거 아니오?"

"좋은 지적이었습니다. 위험한 순간들이 한 번씩 있을 겁니다. 그럴 때는 되도록 커다란 나무에 등을 붙인 채 버티십시오. 최소한의 시간은 벌 수 있을 겁니다. 숲의 신을 섬기는 그들이 나무를 함부로 대하지 않는 건 당연하지만 특히나 산신 호랑이나 무지개 사자의 부대가 습격한다면 그들로서도 좋은 꼴을 보지 못합니다. 그들의 이빨과 발톱은 지나치게 예리해 까딱 잘못하면 흠집이 날 수 있습니다. 나무는 우리에게 최고의 쉼터가 될 겁니다. 유념하십시오."

모두의 마음이 결연함으로 물들었다.

아무르나 고르고야 신체 능력이 바닥을 기는 학자였지만, 이미 몇 번의 사선을 넘은 전적이 있었다.

자신들의 힘으로 돌파한 건 아니었으나 처음과는 마음가짐 자체가 다를 수밖에 없었다. 그것은 작지만 큰 보물이다.

"쿨리아. 자네는 광신자들과의 전투가 기억나는가?"

"네. 아주 오래 전의 일이지만 어떻게 대처해야 하는지 대충은 알고 있어요, 대인. 걱정하지 않으셔도 됩니다. 뭣하면 요물을 부려도 되니까요. 지능이 높을수록 현혹됨이 쉬우니 제가 큰 도움이 될 거예요."

일전, 광신자들이 마치 최면에 걸린 것처럼 일행을 공격했던 이유가 있었다.

칼표범도 아니고, 복수신도 아닌, 광신자의 어린 무리들이 그들을 공격했다.

생긴 것과는 다르게 광한수림 내, 동물들 중 가장 지능이 뛰어나기 때문이다.

쿨리아라면 믿을 만하다.

"그래, 자네를 믿겠네. 그리고 가빌라라고 했습니까?"

가빌라는 멀뚱히 있다가 손가락으로 자신을 가리켰다.

"나 말요?"

"그렇습니다."

"왜……?"

"더 따라오겠습니까?"

"엥?"

"이곳부터는 피 튀기는 살육전이 시작됩니다. 나나 몰란덱, 쿨리아가 아무리 선전한다고 한들 일행 전체가 무사하리라는 보장을 하기 힘듭니다. 다행히 쿨리아의 요마들이 도움을 줄 테니 부담을 훨씬 줄게는 되겠습니다. 그러나 역시 위험하다는 건 변함이 없습니다. 놈들의 전략전술은 과거 판주아 왕국의 전략가들이 봐도 감탄이 나올 정도이니까요. 당신은 그래도 계속 우리를 따라나설 겁니까?"

중요한 선택의 기로에 왔다고, 가빌라는 본능적으로 깨달았다.

몰란덱이나 아무르, 고르고나 쿨리아는 몰라도 이 바한이라는 남자가 하는 말은 사람의 본성을 흔들어 깨우는 무게감이 있다. 함부로 흘려듣지 않아야 할 것이다.

그렇지만 일행 한 명도 없이 이 거대한 숲을 다니는 것은 자살 행위에 가깝다.

애초에 그가 선택할 사항은 정해져 있었다.

어딜 가도 위험도에 차이가 없다면, 차라리 이들

과 함께 하는 게 백 배 낫다.

그는 순순히 고개를 끄덕였다.

"당연하오. 죽어도 당신들을 따라가겠소."

쿨리아가 핀잔을 주었다.

"보나마나 부활화를 노리려는 속셈이겠지."

가빌라의 눈썹이 하늘을 찔렀지만 몰란덱의 무시무시한 눈빛과 쿨리아의 요사한 눈빛에 그의 고개가 수그러들었다.

그는 툴툴댔다.

"물론 내가 당신들이 행하는 목적과 다름은 인정하겠소. 그리고 아직 미련을 버리지 못하고 있다는 것도 일부 인정하오. 그렇지만 나도 바보가 아니란 말요. 당신 같은 실력자들이 판을 치고 있는데, 내가 미쳤다고 부활화를 취하겠소? 그전에 도끼하고 창에 맞아 다진 고기로 변할 게 빤한데."

일리가 있는 말이다.

그러나 혼란의 상황이 온다면 어떻게 변할지 모르는 법, 몰란덱은 콧방귀로 자신감을 뿜어 댔고, 쿨리아는 비릿하게 웃으며 무언의 행동으로 가빌라를 핍박했다.

거기에 바한의 오묘한 눈빛 역시 기세를 거들었다.

가빌라는 진저리를 쳤다.

몰란덱의 무지막지한 폭력성과 쿨리아의 요사함도 그렇지만, 바한의 무정하기 짝이 없는 눈빛은 아무리 봐도 적응이 되질 않는다.

마치 속마음이 샅샅이 뒤집히는 느낌이랄까. 함부로 마주치기가 힘들다.

"좋습니다. 그럼 두 시간 정도 체력을 회복했다가 출발하겠습니다. 주변에 칼표범이 다가올 수도 있으니 주의하시길 바랍니다."

"그럽시다."

"네."

짧은 회복 후 그들은 길을 나섰다.

그러나 그들의 걸음은 채 반 시간도 되지 않아 멈추어야 했다.

예민한 쿨리아의 후각과 몰란덱의 육감이 발동한 것이다.

그들은 수상한 냄새를 맡았다. 피와, 불길과 죽

음의 냄새.

바한이라고 다를 수는 없다.

그의 눈이 살짝 일그러졌다. 심지어 그의 옆을 따르는 회색늑대 역시 눈을 빛내며 으르렁거렸다.

"산신 호랑이."

"네?"

"산신 호랑이와 복수신들이 승부를 벌였습니다. 지금도 계속되고 있습니다. 뜨겁습니다. 불길이 치솟는군요. 숲이 비명을 지르고 있습니다."

일행은 바한의 말이 무슨 내용을 내포하고 있는지 정확하게 판단하지 못했다.

그러나 중요한 단어 몇 개를 포착하는 건 어렵지 않았다.

산신 호랑이와 복수신.

가빌라가 어리둥절한 얼굴로 물으려 할 때.

숲 저 멀리서 누군가가 탈진한 모습으로 기어오고 있었다.

몰란덱의 도끼가 빠지고, 쿨리아의 손톱이 일순간 길어졌다. 바한은 창을 들지 않았다.

나뭇가지에 긁히고 불꽃에 옷이 그슬려 고약한

몰골을 한 한 명의 여성이 겨우 몸을 들어 그들을 바라보았다.

여성의 눈은 도무지 읽을 수 없는 혼란스러움으로 가득했다.

그렇게 그 여성은 쓰러졌다.

가장 먼저 달려간 사람은 아무르와 바한이었다.

순식간에 여인의 곁으로 도달한 바한은 그녀의 상태를 점검했다.

'한계 이상으로 짜낸 체력. 출혈이 그리 심하지는 않아. 하지만 탈진을 했다. 체력적으로 위험한 상황.'

아무르 역시 금세 바한의 옆에 다가섰다.

"누굴까요?"

"나도 모르겠습니다."

"위험한가요? 상태가 좋아 보이지 않아요."

"극도로 체력을 짜낸 것 같습니다. 출혈은 문제가 될 정도가 안 되지만 지나친 체력의 소모로 탈진을 했습니다. 이대로 놔두면 위험하겠습니다."

아무르가 소리쳤다.

"고르고! 댕갈송이를 가져오세요!"

"네!"

헐레벌떡 달려온 고르고는 재빨리 댕갈송이를
꺼냈다.

바한은 두 학자를 가만히 쳐다보다가 여인의 입
을 열어젖히고 댕갈송이를 잡아 꾹 짜내었다.

댕갈송이 입장에서는 압사를 당하는 것과 다름
이 없었다.

엄청난 악력으로 과거 댕갈송이라 불리었던 식
물은 물기를 가득 터트리며 사람의 입으로 들어가
생을 마감했다.

"고르고."

"네?"

"주변에 자영초와 나비꽃 뿌리 좀 캐어 내십시
오. 녹설청의 열매도 몇 개 따오면 되겠습니다.
최대한 다치지 않게 조심해야 합니다. 자칫 잘못
하면 산신 호랑이나 무지개 사자가 낌새를 눈치챕
니다."

"네!"

몰란덱은 고개를 갸웃거렸다.

"허어, 이 젊은 여인은 또 누군지 모르겠군. 어

째 마의 숲이라는 광한수림에서 사람을 너무 자주 보는 것 같은데?"

그들 입장에서는 의아할 수밖에 없었다.

가빌라는 상처로 피폐해졌지만 여전히 빛을 발하는 이국적 외모의 여인을 보며 침을 흘리다가 눈을 빛내며 말했다.

"많은 사람들이 광한수림으로 몰려들었소. 불로불사의 비법이 있다고 소문이 나서 아주 단단히 준비를 하고들 왔을 거요. 물론 대대적인 소문은 아니지만 알 만한 사람은 다 아오."

"당신들만 들어온 게 아니라고요?"

"그랬을 거요. 아마 연군성이나 법정성 무리도 왔을지 모르겠군. 법정성은 거의 확실할 거요."

바한은 이전, 숲이 비명을 지른다며 누군가가 수림에 침입했음을 알렸다. 그것이 한 무리의 사람만 칭하는 건 아니었던 모양이다.

아무르의 표정이 어두워졌다.

"숲에 대한 제반 지식이 거의 없는 그들이라면 아마 죄다 몰살당할 거예요. 안타깝군요. 연군성이라면 모르겠지만 법정성은 그 이념과 행동이 찬사를 받을 만한 몇 안 되는 단체 중 하나인데."

"법정성이라……."

"그들이 이곳에 온 이유도 아마 무모하게 광한 수림으로 들어서 목숨을 잃는 사람이 없도록 조치하기 위함일 거예요. 그들은 그런 사람들이니까요. 바보 같을 정도로 법과 정의에 집착하지만, 그들이 없었으면 벌써 세상의 절반은 도적떼로 변했을 거예요."

바한이 말한 약초와 열매를 캐내 온 고르고는 조용히 투덜거렸다.

아무도 들을 수 없는 작은 소리였기에 당연히 신경을 쓰는 사람도 없었지만 아무르는 들리진 않아도 볼 수 있는 눈은 있었기 때문에 의아함으로 가장한 고리눈을 떠 보였다.

"무슨 문제라도 있나요, 고르고?"

"네? 아, 그런 건 아닙니다, 교장님."

"불만이라도 있는 것 같은 걸요?"

"사실…… 음, 고백하자면요. 저는 법정성을 별로 좋게 보진 않아서요."

세상에 살면서 법정성을 좋게 보지 않는 사람이

라면, 거의 확실한 범법자들뿐이다.

나라가 없어 법이 아닌 근본적 도덕으로 돌아가는 세상이라지만, 명백한 법전이 만들어진다면 사람을 함부로 죽이거나 재물을 취하는 자를 분명 범법자라고 할 것이다. 법정성은 없는 법전을 만들어내진 않았지만, 사람들이 보다 안전하게 세상을 살아갈 수 있도록 스스로를 희생한 이들이라는 평이 강했다.

사실이기도 했다.

탈진하여 정신을 잃은 여인을 곱게 뉘여 어떻게 할까, 고심했던 일행은 고르고의 말도 안 되는 단어들의 나열을 들으며 당혹감에 빠졌다.

"오만한 자들이잖아요."

"오만한 자들이라고요? 법정성 사람들이?"

"그렇지 않습니까? 나라가 세워지고 임금이 제위에 올라 세상을 다스린다면 응당 지배자를 옹립하기 위한 피지배자들의 동의가 있어야 합니다. 내가 지식이 없어 잘 알지는 못합니다만 판주아를 세우셨던 초대 임금, 미르왕께서는 이렇게 말씀하셨답니다. '백성이 첫째고 관리가 둘째며 왕이 마지막이다. 하여 왕은 가장 화려할 수 있지만 가장 고통 받아 마땅할 위치에 섰다. 왕이 안락함을 누리는 순간부터 나라는 피폐한 의복을 강제로 걸치게 되는 것과 다를 바 없으리라. 관리가 재물에 눈이 멀고 권력에 현혹되는 순간 궁전의 기둥은 모래로 변함과 다를 바 없으리라. 백성들에게 지탄 받는 관리와 왕은 반드시 파멸을 맞이하게 되리라. 우리는 그들을 다스리는 게 아니라 그들이 평안케 살도록 무기한 봉사를 하는 것이다. 국록을 먹는 자들이라면 응당 깨달아야 할 것이니라.' 라는 말씀이셨죠. 참으로 멋진 말씀 아닙니까?"

"그건 동의해요. 하지만 그것이 법정성을 오만한 자들이라고 매도할 만한 근거가 되진 않는데요?"

"말했듯, 백성이 먼저입니다. 백성이 없다면 나라가 없다는 뜻이지요. 지배 받을 사람이 없는데 어떻게 지배자가 생길 수 있답니까? 그 말은 즉, 지배자의 다스릴 권리가 중요한 것이 아니라 피지배자가 다스림을 받을 권리가 강하다는 뜻입니다. 그런데 법정성은 최소한의 법을 지키고 정의를 구현한다는 명목하에 일어난 단체입니다. 많은 사람들이 모였지만 세계 전체의 사람들을 생각한다면 극히 소수라고 할 수 있죠. 그런데, 누가 그들에게 그러한 권리를 주었나요? 한 점의 동의를 얻지 못하고 자체적으로 커나간 법정성입니다. 만약 그들에게 힘이 없었다면 만인의 비웃음을 사고 쓸쓸히 사라졌겠지요. 그들은 힘이 있었기에 법과 정의의 실현이라는 명목을 세우는 게 가능했던 겁니다. 결국에는 그들 역시 힘을 우선 시 하는 무뢰배와 다를 게 없습니다. 법을 세우고 범법자들을 처리한다는 뜻은, 결국 그들이야말로 법정성이라는 이름으로 일어난 나라와 다를 것이 뭔가요? 법제가 있어야 나라입니다. 나라는 법제가 있지 않으면 존재할 수 없습니다. 둘은 떼려야 뗄 수 없는 짝이지요. 결국 그 사람들은 아니라고 하지만 판주아 왕국 이후 스스로를 새로운 왕국의 시작을 외치고 있는 겁니다. 그렇죠?"

몰란덱은 작게 고개를 끄덕였지만 고르고의 말에 굳이 동의를 하진 않았다.

고르고의 말은, 맞는 듯도 하지만 동시에 많은

허점을 유발하고 있다. 더군다나 이런 식의 토론은
지속되어 봤자 답이 나오질 않는다.

지혜로운 몰란덱은 그걸 잘 알고 있었다.

아무르 역시 고개를 끄덕였다.

몰란덱과 다른 점이 있다면 그녀의 입이 열렸다
는 것 정도.

"무슨 말을 하고 싶은 건지 알겠네요. 나 역시
그렇게 생각했던 적이 있죠. 나뿐만이 아닐 걸요.
그렇지만, 그들의 덕으로 많은 사람들이 도움을 받
았다는 건 분명해요. 시작은 어떨지 모르지만 좋은
인상의 집단이라는 것도 부정하기 힘들죠."

"그걸 부정하진 않습니다. 사람의 성격과 결과
가 항상 일치하는 건 아니니까요. 그들은 오만하지
만 좋은 일은 많이 합니다. 그나마 국가도 만들어
지지 않았는데 세상이 파탄 나지 않은 건 그들 덕
분이라고도 할 수 있겠죠. 다만 나는 오만한 그들
이 싫을 뿐입니다. 세상에, 광한수림에 들어가면
위험하니까 그걸 막기 위해 들어왔다니. 사람의 자
유의지를 꺾겠다는 의미죠. 자살이 좋은 건 아니라
지만 자살도 마음대로 못 하게 막겠다는 뜻 아닙니

까? 사실 나도 나지만 교장님이 법정성에 대해 더 나쁘게 보리라 생각했는데요."

아무르는 약간의 곤혹을 겪었다.

그렇다.

철학자의 입장에서도 그녀의 성정을 봐도, 법정성은 사실상 그럴듯해 보이나 파고 보면 말이 안 되는 집단이다.

그러나 그녀는 법정성을 굳이 매도하려 하지 않았다.

할 수도 없었다.

바한이 입을 열어 그들의 대화를 중단시켰기 때문이다.

"두 분의 논쟁은 제법 흥미로운 게 사실입니다만 지금 굳이 지속해야 할 필요성은 없다고 생각합니다. 쿨리아, 이 여인의 몸 상태를 제대로 볼 수 있겠나?"

쿨리아의 푸른 눈동자가 붉게 달아올랐다.

소름끼치는 눈빛이었다. 붉은 눈동자는 순식간에 여인의 몸 전체를 훑어 내렸다.

그녀의 입에서 공손한 음성이 흘렀다.

"극도로 소비한 체력을 차리게 하는 것이 우선이에요, 대인. 그래도 다행인 것은, 평범한 여자와 다르게 근본 체력이 상당히 뛰어나다는 겁니다. 그래서 이나마 버틸 수 있었던 것이죠. 물을 좀 먹이고 정신을 차리면 그때 뭐라도 시도해 볼 수 있을 것 같아요, 대인."

"정신을 차릴 수 있을 가능성은 얼마나 된다고 보는가."

"단언할 수 없지만, 이 정도 의지력의 사람이라면 잘 관리해 주느냐에 따라 금방 정신을 차릴 수 있을 거라고 사료됩니다. 심장에 약간 무리가 갔지만, 회복 못할 정도도 아니니까요."

"좋네. 아무래도 이 여인을 위한다면 하루 더 쉬고 가는 게 좋을 것 같네. 그때까지 자네가 여인을 돌봐 주게나. 약재 제련은 내가 맡을 테니."

"걱정하지 마세요, 대인."

바한은 일행에게 하루만 더 머물다 가길 요청했다.

일행은 단 한 명의 대꾸도 없이 전원 고개를 끄덕였다.

임무의 중요도를 생각하자면 지금 당장이라도 달려야 함이 마땅하지만 그렇다고 쓰러져 정신도 못 차리는 여인이 눈앞에 멀쩡히 있는데 가만 놔두고 갈 순 없다.

몰란덱은 그 자리에서 풀썩 앉았다.

"나 이거야 원. 일단 이 여인의 피 좀 닦아 내고 상처를 봉합해야 하지 않겠소? 피 냄새를 맡고 칼표범이나 다른 맹수들이 찾아오면 별로 재밌지 않을 거 같은데."

"옳은 의견입니다. 아무르, 쿨리아와 함께 이 여인의 피를 닦아 내 주십시오. 헝겊은 한곳에 모아 두고 깨끗한 천으로 덮어 주시길 바랍니다."

"알겠어요."

일사불란한 움직임이었다.

바한은 고르고가 채취해 온 약초들을 제련했고, 몰란덱은 주변을 경계했다.

쿨리아와 아무르는 여인의 몸을 깨끗하게 닦아 내면서 회복을 위해 물과 댕갈송이 즙을 먹인다.

고르고는 바한의 옆에 붙어 약초 제련을 하나씩 배워 갔다.

유일하게 놀게 된 가빌라는 정신을 잃은 여인의 얼굴을 구경하다가 쿨리아에게 한 됫박 욕설을 먹고선 도망쳤다.

여인을 닦아 낸 피 묻은 천을 가진 쿨리아는 이곳에서 멀리 떨어진 곳에 던져 낸 후 다시 돌아왔다. 상당히 먼 곳에 던져 두었기 때문에 이곳으로 찾아올 일은 현저하게 줄어들었다.

그러나 안심할 수는 없다.

맹수들의 후각은, 인간의 그것을 한참이나 상회한다.

밤이 되는 건 금방이었다.

서서히 진행되는 밤의 어둠은, 일행의 동공을 극한으로 확장시키기 충분했다.

비록 달빛이 새어 들지 않을 정도로 캄캄한 동네였지만, 이미 어둠에 익숙해질 대로 익숙해진 그들은 서로의 표정을 읽기엔 무리였으나 뭘 하는지, 자는지 깼는지를 구분할 정도는 되었다.

말린 육포고기도 떨어져 갔다.

근근이 풀쪼가리나 열매 등으로 연명하긴 하지만, 허기진 배를 채우기엔 무리가 있었다.

그러나 투덜거리는 사람은 한 명도 없었다. 이 또한, 어둠을 보는 것처럼 익숙해졌기 때문일 것이다.

게다가 한 번씩 나타나는 거대 사슴 같은 고기를 잡을 때는 포식할 수 있다.

어느새 일행은 광한수림에 많이 익숙해져 있었다.

바한은 일행의 몇몇이 잠들기 전 조용하게 말했다.

"결정을 해야만 합니다."

목적어와 동사는 있지만 그냥 알아듣기에는 무리가 많은 문장이었다.

일행의 눈이 어둠 속에서 의아함으로 물들었다.

바한은 말했다.

"이 여인을 데리고 갈 것인지, 아니면 내버려 두고 갈 것인지. 물론 치료는 해 주는 것이 도리겠습니다만."

"데려가야 하지 않겠어요? 본인이 거부하지만 않는다면요."

아무르의 대답은 제법 상식적이었다.

그러나 바한이 이러한 말을 꺼낸 것은 이유가 있었고, 몰란덱은 금세 깨달았다.

가장 최전선에서 싸웠던 전사이기에 그의 눈치는 상당히 비상한 편이었다.

그리고 아무르 역시 정확하진 않지만, 모호하게 깨달은 바가 있었다.

그래서 그녀의 표정이 어두워질 수밖에 없었다.

"이 여자가 함께 가지 않는 게 좋은 걸까요?"

"일행의 안전을 생각하자면 그렇습니다. 어떤 고난을 헤쳐 이곳까지 도달했는지 모르겠습니다만 세상 대부분의 사람들이 광한수림에 대해 무지하다는 건 여러분들이 더 잘 알겠지요. 만약 이 여인이 혹시라도 광한수림에서 치명적인 실수를 저질렀다면 산신 호랑이나 무지개 사자가 우리를 추적할 수 있습니다. 그들은 광신자의 영역이라 하여 존중할 정도로 덕이 있는 존재들은 아닙니다."

산신 호랑이와 무지개 사자.

이 두 존재들은 아무리 많이 들어도 도통 익숙해질 수 없는 무서움이 있다.

특히나 눈앞에서 죽은 나무 하나를 발 한 번 휘둘러 박살 낸 광경을 본 적이 있던 고르고의 안색은 유난히 창백해질 수밖에 없었다.

그는 건망증이 아무리 심해도 그 충격적인 광경을 절대로 잊지 못할 것이라 자신했다.

아무르는 가만히 이를 악물었다.

예전이었다면, 두말없이 바한에게 따지고 들었을 것이다.

사람이 이렇게 냉정할 수는 없는 일이다. 그러나 그녀와 몰란덱이 맡은 일은, 사람의 목숨 하나만을 따지고 들기에는 지나치게 대단한 감이 있었다.

하지만 그녀는 짧은 시간에 결정을 내렸다.

"데리고 가야만 해요."

시어머니의 거친 성정 앞에서도 당당히 스스로의 의지를 내세우는 자부를 보는 것 같다고 고르고는 생각했다.

바한은 고개를 살짝 갸웃거렸다.

"이유를 들을 수 있겠습니까?"

"몰란덱과 나는 불로불사의 비법을 파괴하기 위해 파견이 된 단 두 명의 원정대였어요. 지금에 이르러 이렇게 사람이 많아졌지만, 일단 그런 것들은 중요한 게 아니에요. 우리는 인류의 존망이 걸린 사건을 처리하기 위해 원정대로 꼽혔어요. 전 세계 사람들을 살리기 위해서죠. 보이지 않는 저 먼 곳에 있는 사람들이라면 어쩔 수 없다지만 당장 눈앞에 생사가 왔다 갔다 하는 사람을 보고도 외면한다면, 우리가 이 일을 맡은 이유가 무너지잖아요? 사람들을 살리기 위해 당장 죽어 가는 사람을 외면한다니, 이건 완전히 언어도단이죠."

다른 걸 떠나서 피곤한 성격임에는 분명하다고 쿨리아는 생각했다.

흡혈귀와 인간의 차이일까.

쿨리아는 수백 년 전의 기억들을 떠올리며 이제는 뼈조차 남아 있지 않을 한 인간의 말을 떠올렸다.

'장군이 전쟁터에서 단 한 명의 아군 피해도 용납하지 않는다면, 결국 전쟁에서 패하게 된다. 전쟁에서 사람의 죽음은 필연이다. 아군이든 적군이든.'

냉혹하지만 그것이 현실이다.

아무르는 용감한 장군, 무용이 빼어난 장군은 되지 못해도 덕이 있는 장군은 될 사람이다.

그러나 덕만 있는 장군은 아군을 지옥으로 빠트리기 마련이다.

쿨리아는 그렇게 생각했다.

그렇지만 바한은 그저 가만히 아무르를 보다가 이내 몰란덱에게로 시선을 돌렸다.

몰란덱은 어깨를 한 번 으쓱해 보였다.

"아주 동감하진 않지만 그렇다고 아니라 말할 내용도 아니오. 이왕 이렇게 된 거 산신 호랑이나 무지개 사자가 와 줬으면 좋겠다는 생각도 드는군. 광신자들이 귀찮게 할 때 딱 나타나 주면 제법 볼만할 텐데 말이야."

그건 상당히 매력적인 일이 될 수 있다.

바한은 턱을 쓰다듬으며 고개를 끄덕였다.

고르고의 표정은 더욱 하얗게 질려 갔다.

"그럼 이 여인의 의사에 거부가 없을 시 함께 가는 걸로 하겠습니다."

시간이 빠르게 지나갔다.

어느새 새벽의 여명이 밝아 오는 시간에 마침내 여인은 정신을 차렸다.

대단히 빠른 차도였다.

"여기는……?"

흐리멍덩한 여인의 눈동자는 빠르지도 느리지도 않게 제 색을 찾는다.

그러나 힘이 있어 보이진 않는다.

아무르는 재빨리 그녀의 곁으로 다가가 말을 걸었다.

"정신이 드나요?"

"네, 누구시죠?"

"아무르라고 해요. 일단 편히 쉬는 게 좋겠는데…… 몸은 어때요?"

여인, 모아라는 본능적으로 자신이 이들에게 구함을 받았다는 걸 깨달았다.

상상할 수 있는 최악의 공포마저도 아름답게 보일 만큼의 무자비한 폭군의 살육 앞에서 도망친 모아라는 스스로가 놀라우리만치 담담하다는 것에 놀랐다. 조금 더 충격이 심할 줄 알았는데.

그것이 쿨리아의 요마 덕분인지 그녀는 몰랐

다.

"고맙습니다. 덕분에 괜찮아요. 큰 은혜를 입었습니다."

"은혜랄 것 있나요. 어려운 사람이 있으면 구하는 게 당연한 걸요. 조금 더 주무시겠어요?"

"아뇨, 더 자면 영원히 잠들 것 같아서."

힘겹게 상체를 세운 그녀는 일행을 둘러보며 고개를 꾸벅 숙였다.

힘없는 인사, 고마움을 표하기엔 전혀 부족하지 않았다.

몰란덱은 불쑥 앞으로 다가가 물었다.

"당신, 저 서쪽에서 온 사람 같군. 그렇소?"

아무리 마음이 평안해도 살아생전 이처럼 커다란 사람을 본다면 누구나 놀랄 것이다.

모아라는 순식간에 심장이 거센 박동을 일으키는 걸 억누른 채 고개를 끄덕였다.

이 사람은 분명 거인이 틀림없다.

그렇지만 나쁜 사람 같아 보이진 않았다. 더군다나 자신을 구해 준 일행 중 하나인 것 같은데 결례를 범할 수는 없는 일이다.

"네, 맞아요."

"허. 어디서 많이 본 듯한 얼굴인데? 긴가민가 하군. 어쨌든 이렇게나마 일어나서 다행이오."

"감사합니다. 목숨의 은혜를 어떻게 갚아야 할지 벌써부터 걱정입니다."

"보답을 바라고 행한 것이 아니니 부담 가질 필요는 없소."

모아라는 고개를 푹 숙였다.

이상할 정도로 담담한 심정은 그녀에게 정신적 평화를 이루도록 만들었지만 사람의 정신은 워낙 제멋대로인지라 그녀는 이 순간에도 떠오르는 공포의 실체를 떠올렸다.

산신 호랑이.

전설로만 여겼던, 이제는 없어져 어떤 분위기인지, 어떻게 생겼는지도 알 수 없게 된 신화 속의 동물.

지상 최강의 맹수는 포효 한 번으로 만물을 무릎 꿇리는 위엄이 있었다.

게다가 회색빛 몸체로 괴기스러움을 풍기는 수많은 맹수들이라니. 그야말로 지옥이 따로 없는 풍경이었다.

한순간 그녀의 안색이 핼쑥해졌지만, 용케도 그녀는 정신을 잃지 않았다.

대신 그녀는 이들에게 광한수림의 위험함을 직접 알리는 게 좋겠다고 생각했다.

"위험해요."

"네?"

"여기는 지옥이에요. 많은 맹수들과 특히 그 산신 호랑이, 산신 호랑이가 있어요!"

역시나 이 여편네 그 녀석들이 싫어할 만한 짓거리 좀 했구나, 싶어 몰란덱은 떨떠름했다.

바한의 눈동자는 깊어지고, 고르고의 안색은 이제 완전히 핼쑥해졌다.

아무르는 편안하게 미소 지었다.

"알아요."

"에?"

"산신 호랑이는 물론 무지개 사자도 있고, 괴상한 짐승들도 많은 동네죠."

모아라는 슬슬 놀라는 자신을 느꼈다.

이상할 정도로 담담한 가슴이 모든 것을 다 앎에

도 불구하고 미소를 지을 수 있는 여인의 모습을 보며 거세게 뒤흔들렸다.

광한수림은, 그저 존재 자체가 재앙이었다.

그 안에 어떤 흉악함이 도사리고 있는지 누구도 알 수 없기에 공포는 자꾸만 배를 불려 간다.

들어갈 배짱이 있는 자 없고, 설령 들어간 자들은 되돌아오지도 못한다.

산신 호랑이. 무지개 사자.

그 초월적인 두 짐승이라면 그럴 만도 하다.

미로처럼 엇갈리고 세상 어떤 나무들보다도 큰 나무들의 합으로 이루어진 숲이라면 그럴 만도 하다.

그런데 그것을 알고도 이렇게 평안함을 유지하는 이 일행은 도대체 정체가 뭘까.

모아라는 궁금했다.

혹시 내 말을 제대로 이해하지 못한 건 아닐까?

그렇진 않을 것이다.

직접 제 입으로 산신 호랑이와 무지개 사자를 언급했다 함은 보고 알지 못한 이상 나올 수 없는 말투.

어쨌든 평범한 사람들은 아닌 것 같다.

바한은 두 여인의 조잘거림을 제치고 전면으로 나섰다.

고풍스러운 용골의 창은 그의 어깨에 편안히 기대어 휴식을 만끽했지만, 바한의 얼굴은 그가 쥔 창보다도 무감각해 보였다.

모아라는 고개를 돌려 바한을 보다가 심각하리만치 강력한 충격을 받았다.

큰 키에 당당한 체구라서 놀란 거라면 몰란덱을 봤을 땐 졸도해야 마땅했다.

즉, 그녀가 놀란 것은 바한의 외형적인 체구의 문제가 아니었다.

그녀는 바한의 눈을 보았다.

수많은 별빛으로 만들어진 것처럼 파편 어린 광채를 발하는 눈.

사람의 감정을 찾아내기 힘든, 그렇지만 묘한 모호함을 발산하는 눈동자.

지독하게 모호하고 모호해, 눈을 보는 것인지 어둠을 보는 것인지, 도대체 뭘 보고 있는 것인지 판단이 서질 않는다.

세상에서 처음 보는 눈이었다.

눈치가 없는 사람이라도 바로 깨달을 수 있을 만큼 바한의 눈동자는 특이할 만한 점이 있었다.

"바한이라 합니다. 이름을 물어도 되겠습니까?"

"네? 아, 네. 저, 저는 모아라라고 하는데요."

바한과 쿨리아를 제외한 일동 경악이었다.

머나먼 서쪽 땅에서 신비한 힘을 배우는 미지의 집단이 있으니 사람들은 그들을 마술사라 한다.

몸통이 조각나도 이어 붙이고, 어떤 결박도 자유로이 풀어내며, 아무것도 없는 손에서 꽃을 피워 내는, 그야말로 경이로운 힘을 자랑하는 이들.

기술이 아닌 기적이라 불리어야 마땅할 힘의 소유자.

신비로 가득한 그들은 스스로의 힘을 제패(制覇)에 용치 않고 민중들의 웃음을 위해 쓴다고 한다.

힘없고 무력하여 웃음을 잃은 민중들에게 즐거

움을 찾아 주기 위한 험한 길을 걷는 이 시대의 신비한 성인들.

특히나 거의 십여 년 동안을 떠돌며 세상 사람들에게 여신으로까지 추앙을 받았던 한 마술사가 있었으니 그 이름을 모아라라 하였다.

"마술사 모아라?!"

몰란덱은 어지간히 놀란 듯 그렇지 않아도 큰 눈을 보름달 정도의 크기로 확장시켰다.

그 어마무시한 눈동자에 모아라는 기가 질리는 느낌이었다.

외관으로 사람을 평가하는 것이 얼마나 부덕한 일인지 아는 모아라였지만, 정녕 몰란덱의 눈은 보는 이의 배려가 없도록 창조된 눈동자였다.

굳이 그만이 아니라 아무르와 고르고도 충분히 놀랐고 가빌라 역시 경악했다.

쿨리아는 마술사가 무슨 직종인지 몰라 고개만 갸웃거렸고, 바한은 여전히 무표정했다.

이미 들어서 신기한 힘을 쓰는 사람들이구나 싶은 듯했다. 적어도 그의 표정을 깨트릴 정도의 관심사는 아니리라.

바한은 주위를 휙휙 둘러보다가 창으로 바닥을 찍고, 그것이 마치 신호라도 된 듯 회색늑대는 빠르게 일어나 그의 곁에 섰다.

"일단 다른 문제는 전부 제쳐 두어야 할 것 같습니다. 모아라라고 했습니까?"

"네? 네."

"당신은 두 가지의 선택을 할 수 있습니다. 우리와 함께 가도 되고, 그렇지 않아도 됩니다. 당신의 건강 상태를 고려한다면 우리와 같이 이동하며 차차 회복시키는 것이 바람직하다고 생각하지만, 정작 우리가 목표로 삼은 곳이 지극히 위험하다는 측면에서 당신의 안전을 장담하기도 힘듭니다. 그렇다고 혼자 떨어져서 광한수림을 배회하는 것도 썩 매력적으로 보기 힘든 문제입니다. 당신은 어떤 선택을 하겠습니까?"

수천 발의 화살이 연이어 날아오는 것처럼 바한의 말은 빨랐다.

모아라는 정신이 없었고 일행은 그러려니 했지만, 아무르의 표정은 심각해졌다.

바한의 말투가 이전보다 빨라졌다는 느낌을 받

은 것이다.

그것은 즉, 하루라도 빨리 그곳으로 달려가야 한다는 뜻이기도 했다.

모아라는 당황하다가 금세 상황을 판단했다.

과연 녹록치 않은 여행 경험의 소유자인 듯 그녀의 판단력도 발군이었다.

"어차피 저 혼자 떨어져도 죽기는 매한가지라면 당신들과 함께 움직이는 게 저에게는 좋을 것 같아요. 물론 그런 문제가 아니더라도, 제 목숨을 살려 준 은인들에게 도움이라도 드려야 하잖아요? 별 재주는 없지만 도움이 될 수 있다면 최대한 돕겠어요."

어차피 여기서 죽으나 저기서 죽으나 마찬가지라면 그녀의 판단은 정확했다.

홀로 광한수림을 거닐게 되면 백이면 백 죽게 되지만, 이 범상치 않은 무리들과 움직인다면 실낱같은 생존의 가능성은 부여받을 수 있을 것이다.

물론 일행이 제법 수상하기도 했으나 달라무트가 이끈 연군성의 무리들과 비할 바는 아니었다.

더군다나 상처까지 치료해 준 이들 아니던가.

바한은 고개를 끄덕였다.

"몰란덱."

"왜 그러시오?"

"모아라를 업어 주십시오."

그럴 줄 알았다는 듯 몰란덱은 등에서 도끼를 빼
냈다.

모아라는 영혼이 빠져나갈 것 같다는 얼굴로 자
신의 심정을 표현해 냈다.

그렇지 않아도 시간이 없다.

바한이 말하기도 전에 아무르가 먼저 입을 열었
다. 아무래도 같은 여자로서 말해 주는 게 모아라
에게도 나을 것이라는 판단 때문이었다.

"미안하지만 우리에게도 시간이 없어요. 딱히
당신에게 나쁜 마음을 품었다면 진즉 그렇게 했을
테니 지금은 우리를 믿어 달라는 말밖에 할 수가
없군요. 우리도 듣고 싶은 말은 많으니 몰란덱의
등에 쉬면서 이야기를 나누도록 하죠."

맞는 말이었다.

상황상 더할 나위 없이 명확한 어투였다.

모아라의 고개가 끄덕여지기도 전에 몰란덱은

냅다 그녀를 업었다.

갑자기 허공으로 수직상승한 착각이 일어 그녀는 현기증까지 느낄 뻔했지만 일행은 그녀를 마냥 걱정할 상황이 되질 못했다.

"아무래도 상처가 심각하니 빠르게 이동은 할 수 없을 것 같습니다. 몰란덱은 수고 좀 해 주십시오. 이제 출발합시다."

‡　　‡　　‡

차을목은 책을 덮었다.

자그마한 촛불 하나만 켜 놓고 읽으려니 이제는 이것도 못할 짓이구나 싶었다.

나이 일흔이라면 그래도 제법 장수했다고 할 수 있겠지만, 그래서 더 서글퍼지는 일도 많은 법이다.

그는 반 시간도 채 읽지 못하고 침침해지는 눈이 원망스러워 눈두덩이를 꾹 눌렀다.

모든 늙은이들이 꼭 겪는 것을 누군가가 세월의
무상함이라고 하였다.

차을목은 그 말이 틀리지 않다는 걸 옛날에 깨달
았다.

옛날에 깨달았기 때문에 사유할 시간은 많았고
사유는 극단적인 방향으로 몸을 틀었음을 그는 굳
이 부인하지 않았다.

모든 것은 본래의 땅으로 회귀하기 마련이다.

땅에서 먹을 걸 취하는 사람이 태어나 다시 죽어
서 땅으로 돌아간다.

죽은 자의 살과 뼈가 거름이 되어 생명이 싹트는
것이고, 그 생명을 먹어 가며 사람은 살아간다.

결국 그렇게 사람들은 돌고 돌며 살아가는 것이
다.

순간 차을목은 참을 수 없는 혐오감을 느꼈다.

결국에는 사람이 사람을 먹는 것과 다를 것이 없
는 바가 아닐까.

그렇다면 결국에는 사람 역시 만물을 먹어 가며
성장하는 것인데, 거기에 어떤 고귀함이 있고 어떤
추함이 있을 것인가.

모든 인간은 추악하다.

어차피 추악하게 살아가는 인생일진대 조금 더 추악해진다 해도 어디 티라도 날까? 그런데 정말 내가 하려는 일이 추악한 일인가? 어차피 뺏고 뺏는 인생 아니던가.

차을목은 고개를 저었다.

삶이라는 것은, 세상이라는 것은 본래가 추악하다. 그래야만 했다.

그렇지 않으면 최소한의 양심과 정당성마저 스스로 부인하게 될까 두려웠다.

'나는 틀리지 않다.'

모종의 결심으로 타오르는 야망의 불길을 잠시 접어 둔 그가 촛불을 끄려 할 때였다.

"차을목 대리님!"

급박한 목소리였다.

차을목은 경비무사의 급박함 외침을 들으며 야밤에 참 시끄럽다는 생각을 하곤 했었지만 지금은 도저히 그럴 수가 없었다.

자신을 십 년 동안 보필해 주면서 단 한 번도 보여 주지 못한 어떤 감정의 울림이, 지금 경비무사의 어조에는 명확하게 깃들어 있었다.

"무슨 일이냐?"

"큰일 났습니다!"

"그러게 무슨 일이냐고 묻지 않으냐?"

"무하나비가, 무하나비가!"

볼 것도 없이 차을목은 일어났다.

무하나비의 일이라면 아주 사소한 것이라도 놓치면 안 되는 게 당연한데, 경비무사의 심상치 않은 반응으로 볼 때 상당히 심각한 문제가 터진 것이 분명했다.

그는 자신을 보며 덜덜 떨며 말도 제대로 하지 못하는 경비무사를 보며 급작스러운 언어장애가 생겼다고 비꼴 수 없음이 서글펐다.

온몸에 피가 묻은 경비무사는 보기에도 엄청난 정신적 충격을 받은 것 같았다.

"안내하라!"

재빨리 지하의 감옥으로 내려간 차을목은 자신의 불안감이 정확하게 맞아 떨어졌다는 걸 깨닫고 이조차 악물지 못했다.

그는 입을 떡 벌린 채 주위의 스산한 풍경을 바

라보았다.

무하나비는 분명 귀중한 존재였다.

인류 전체를 봐서도 그러했고 차을목 개인에게
도 소중했다.

그래서 말이 감옥이지, 이 지하 최하층의 감옥은
어지간한 안방보다도 평안하고 아름답게 꾸며져
있었다.

그런 아름다운 감옥에 도무지 어울리지 않는 처
참한 광경이 꽉 들어찼다.

수를 헤아리기 어려운 시신들이 즐비하다.

그 모두가 귀족성이 사병으로 키우는 병사들이
었고, 무하나비의 중요성이 대단히 지대한지라 정
예 중 정예들만 꼽아서 이곳에 배치했었다.

그 모든 병사들이 말 그대로 '몰살' 당해 있었
다.

누구는 칼에 찔렸고, 누구는 창에 꿰였다.

목이 도저히 꺾여서는 안 될 방향으로 꺾여 눈이
뒤집힌 시신도 있었으며, 더욱 어처구니없는 것은,
자신의 눈으로 엉덩이를 보게 된 시체였다.

마치 거인이 강제로 상하체를 반 돌려 버린 모양

새였다.

끔찍한 광경에 차을목은 절로 토악질이 나왔지만 겨우 참아 냈다.

"이, 이게 어찌 된 일이냐! 무하나비는? 무하나비는 어디로 갔어?!"

"탈출했습니다!"

"탈출?"

"자살을 거듭하던 무하나비가 어느 순간 미쳐서 말도 안 되는 힘으로 쇠사슬을 끊어 내더니 이곳에 있는 모든 병사들을 학살하였습니다. 칼로 찔러도 죽지를 않으니 당할 수밖에 없었습니다."

쇠사슬에 자물쇠까지 채워 단단하게 조인 결박을 힘으로 풀려면 도대체 어느 정도의 무식한 완력이 있어야 하는지 차을목으로써는 알 도리가 없었다.

희망의 성의 성주 고람이라면 가능할까?

아니면 지상 최강의 전사라는 몰란덱이라면 가능할 것인가?

물론 지금은 그게 문제가 아니었다.

"무하나비는 어디로 갔느냐!"

"지금 성의 외곽으로 돌진하는 중이랍니다. 화살을 퍼부어도 계속 달리고 있다고 방금 연락이 왔습니다."

"멍청한! 그럼 날 이리로 데려오지 말았어야지! 어서 무하나비를 잡으러 가자!"

"예!"

기나긴 지하 감옥을 뛰쳐나오면서 차을목은 숨이 차는 것도 인지하지 못했다.

만약 배도도 총교장이나 고람 성주가 지금 차을목의 눈을 봤다면 그 섬뜩함에 팔뚝을 쓰다듬었을 것이 분명했다.

그의 눈은, 말로도 글로도 표현할 수 없는 광기를 발산하고 있었다.

‡　　‡　　‡

알베르트는 감탄한 눈으로 전면을 바라보았다.

순수한 감탄이었고 노스라토 역시 아버지의 감

탄에 감정적인 동조를 보낼 수밖에 없었다.

수를 헤아리기 힘든 기간 동안 광한수림으로 달려온 예일가의 부자는 마침내 거대한 숲의 외곽에 도달했다.

그들은 초월적인 크기로 공포와 위엄을 동시에 뿌려 대는 나무들을 보기도 전에 괴물의 아가리처럼 쩍 벌어진 입구를 지키는 한 기이한 생명체와 마주쳤다.

그 괴생물체는 일반 새보다 수백, 수천 배는 큰 몸집을 하고 있었다.

타오르는 깃털은 용암처럼 붉었고, 부리는 강철도 단박에 쪼갤 듯한 박력을 풍긴다.

특히나 날카로운 발톱으로 무장한 노란색 다리는 신이 이 땅에 내린 병기들 중 가장 완전에 가까운 형태를 하고 있었다.

나이를 먹을 대로 먹어 삶의 지혜가 충만한 노인의 눈처럼 깊은 이치를 담은 거대 괴조의 눈이 알베르트와 노스라토에 닿았지만, 그들은 겁에 질리지도, 도망치지도 않았다.

그저 신기한 눈으로 새를 보고 있었다.

자연 속에 살아가면서 가장 자연의 이치에 합당하지 않은 괴물.

이치에 맞지 않은 몸으로 세상 모든 이치를 포용할 만한 날개를 가진 타오르는 지혜의 수호자.

주작이 예일가 부자를 맞이했다.

"내…… 주작을 여기서 볼 줄이야."

알베르트는 감격했다.

나이 육십을 먹었지만 세상은 역시나 신기한 것 투성이었다.

주작은 감히 단언컨대 존재 자체만으로도 예술이라 불리기에 부족함이 없었다.

흉악하게 보일 수도, 고깝게 보일 수도 있는 주작이 그의 눈에는 최상의 아름다움을 가진 예술품으로 보였다.

과거에도 주작을 보기 위해 삼 년간 추운 북쪽 지방의 절벽을 탔었던 알베르트였지만, 도무지 보이지가 않아 다른 쪽으로 시선을 돌렸던 그였다.

그런데 예상치 못한 곳에서 주작을 직접 보게 되다니.

'이래서 내 살아가는 맛이 있지!'

알베르트가 감탄을 넘어 감동으로 주작을 보고 있었다면 노스라토는 감탄과 함께 불안감을 느꼈다.

동족과의 상잔이 아니라면 보통 만수를 누린다는 주작에 대해서는 그다지 많이 알려지지 않았다.

다만 주작이 화가 나면 설령 산신 호랑이나 무지개 사자라 해도 단박에 잡아채 죽인다는 것은 알고 있었다.

그 초월적인 신화 속 동물들도 상대하기 꺼려 한다는 주작인데 사람 둘 해치는 거야 모닥불에 손을 넣으면 데이는 것처럼 당연한 이치였다.

"아버지, 위험해요. 좀 멀리서 봅시다."

"시끄럽다! 내 살아생전 주작을 보나 싶었더니 광한수림 입구 앞에서 보게 되는구나! 껄껄! 이거야말로 신이 나를 이 땅에 태어나게 한 진짜 이유가 아니고 무엇이겠냐?"

알베르트는 말을 몰아 주작의 앞까지 도달했다.

어차피 말린다고 들을 사람도 아니고, 뒤통수를

후려쳐 기절시킨 후 내뺄 수도 없는 바에야 별수가
없었다.

노스라토는 짙은 긴장감을 가진 채 알베르트의
뒤를 따랐다.

혹시라도 불미스러운 일이 발생할까 싶어 그의
손은 품으로 들어갔다.

그곳에는 작지만 제법 날카로운 여행자 전용 단
검이 숨을 쉬고 있었다.

주작은 커다란 눈을 몇 번 깜빡이더니 천천히 고
개를 숙였다.

한 번의 울음도 토해 내지 않고, 알베르트의 앞
까지 머리를 숙인 주작의 눈이 알베르트의 눈과 마
주쳤다.

노스라토는 기겁해서 재빨리 뛰쳐나가려다가 멈
칫했다.

주작은 천천히 눈을 감고, 알베르트의 손이 주작
의 커다란 머리, 이마에 닿았다.

알베르트 역시 눈을 감고 가만히 주작의 머리를
쓰다듬어 주었다.

충격적이라는 측면에서 이보다 더 강렬한 광경

이 또 있을까 싶다.

전설상의 괴수, 신비로 점철된 창공의 지배자가 사람과의 접촉을 용인하고 있었던 것이다.

눈을 감은 채 서로 교감이라도 하듯 가만히 있는 두 존재는 마치 시간이 멈춘 듯 묘한 분위기를 형성하였다.

그리고 동시에 눈을 떴다.

알베르트가 인자한 웃음을 터트렸다.

"허허. 광한수림 안으로 들어가지 말라는구나."

"에?"

"이 녀석이 나에게 말했다. 이곳은 위험하니 들어가지 않는 게 좋을 거라고. 그렇게 내게 말하더구나."

노스라토는 드디어 우리의 아버지께서 병에 걸리셨다고 생각했다.

세상에서 가장 끔찍한 병, 자기 자신조차 인지할 수 없다는 광증의 다른 말.

바로 치매.

하지만 그는 즉각적으로 그 말을 수정할 수밖에 없었는데 신비로운 주작의 눈동자만큼이나 알베르트의 눈동자 역시 또렷하면서도 나직한 지혜를 담고 있었던 것이다.

평소에 보았던 아니, 평소보다 훨씬 깊어진 눈동자는 보는 이로 하여금 경의를 느끼게 하였다.

"그러나 미안하구나. 평범한 사람이었다면 여기서 발길을 멈출 테지만, 나는 성정이 고약한지라 궁금한 건 참을 수가 없다. 나는 이곳으로 들어가야 할 것 같다."

노스라토는 더욱 놀라운 광경을 보게 되었다.

사람에게는 표정과 눈빛이 있어 굳이 말로 하지 않아도 상대의 감정을 읽어 낼 수 있다지만 사람이 짐승의 얼굴을 보며 감정을 읽어 내려면 짐승으로 강등이라도 되어야 할 판인데 실상 그럴 수도 없다.

그런데 노스라토는 그런 말도 안 되는 위업을 스스로 달성고야 말았다.

주작은 안타까워하고 있었다.

커다란 눈에서 풍겨지는 감정은, 비록 외관으로 달라진 것이 없었지만, 막을 수 없는 두 부자를 걱정하고 있었다.

알베르트는 다시 한 번 주작의 머리를 쓰다듬었다.

"나도 너와 조금 더 대화를 나누고 싶다만, 이 늙은이의 몸을 울리게 할 정도로 광한수림에서 풍기는 분위기가 심상치가 않구나. 하루빨리 보고 싶어 이곳까지 왔으니 내 꼭 봐야만 하겠다. 혹시라도 내가 살아서 돌아오면 또 볼 수 있기를 기대하지."

삶과 죽음을 입에 담으면서도 알베르트의 얼굴은 평온하기 그지없었다.

주작이 머리를 들어 하늘을 향해 큰 울음을 냈다.

귀청이 떨어져 나가는 수준을 넘어서 소리로 바위를 밀어 버릴 수 있을 정도의, 크나큰 울음이었다.

그렇게 알베르트와 노스라토는 주작의 안타까운 눈빛을 뒤로한 채 마의 숲, 죽음의 숲이라는 광한수림에 들어섰다.

‡　　‡　　‡

　적지 않은 시간을 이동하면서 일행은 모이라와
많은 이야기를 주고받을 수 있었다.

　그러면서 일행은 연군성의 만행에 분노했고, 그
무참한 곳에서 생환한 모아라의 생존력과 운에 감
탄했다.

　가빌라만이 몰살을 당했다는 연군성의 얘기에
씁쓸한 미소를 지을 뿐이었다.

　그들이 가장 경악한 것은 모이라가 말한 마술의
정체였다.

　소문이 나길, 마술사는 몸이 잘려도 죽지 않고
밧줄에 묶여도 신비한 술수로 풀어내 버린다고 하
였다.

　칼에 맞아도 죽지 않고, 물에서도 한 시간이고
두 시간이고 버틸 수 있다 하지 않았던가.

　하지만 그것이 전부 속임수였다는 것이다.

　어감이 좋지는 않지만, 모이라는 굳이 부정하지
도 않았다.

다만 그것이 좌중을 즐겁게 해 주기 위한 일환이며, 상대를 농락하기 위함이 아닌, 기술직의 일종이라는 말은 명확하게 주장했다.

일행은 수긍했다.

그리고 중간에 일이 터졌다.

몰란덱의 등에 업혀서 체력을 회복하던 모이라가 갑자기 온몸에 식은땀을 흘리며 비명을 질러 댔던 것이다.

바한은 누구보다 빠르게 그녀에게 다가가 상태를 살폈다.

바한의 입에서 저주받은 독의 명칭이 적나라하게 나왔다.

"용의 저주."

"네?"

"모이라는 지금 '용의 저주'라는 독에 중독이 된 상태입니다. 흰자위가 살짝 푸른 것을 보아 진짜 독이 아닌 그와 비슷한 가짜 독의 종류인 것 같습니다만. 아니, 아닙니다. '용의 저주'가 맞습니다. 어떻게 만든 것인지 모르겠는데 농도를 상당히 떨어트린 정제된 품종이군요."

정제되었든 말든 실상 그게 중요한 건 아니었
다.

일행은 또다시 충격을 받았다.

거친 세상을 살아가는 사람들 중에서 절대로 걸
려서는 안 될 질병과 중독되지 말아야 할 천연 약
품이 존재하는데, 그중 가장 위험한 것 중 하나가
바로 '용의 저주'였다.

사람이 견딜 수 없는 통증을 주기적으로 일으켜
체력을 소진하게 하고 정신을 피폐하게 하며 결국
스스로 목숨을 끊게 만든다는…….

추악함과 패악함, 공포로 무장된 최악의 독.

아무르는 입술을 깨물었다.

"연군성에서 모아라를 데리고 가기 위해 중독을
시킨 게 확실해요. 나쁜 사람들 같으니."

몰란덱의 얼굴도 일그러졌다.

그가 세상에서 가장 혐오하는 것 중 하나가 독이
었고, 더군다나 '용의 저주'는 사람을 죽지도 살
지도 못하게 만드는 독이었다.

반드시 없어져야만 하는 최악의 독이 아닌가.

"일단 해독을 해야만 하는데, 나는 '용의 저주'

를 해독할 수 있는 방법을 몰라요."

고르고도, 몰란덱도 가빌라도 고개를 저었다.

당연하다면 당연한 결과였다.

어떻게 만들어지는지도 잘 알려지지 않은 독인
데 해독 방법이라고 알려졌을까.

그때 아무르가 바한을 바라보았다.

"바한, 당신은 알죠? 한눈에 모아라의 상세를
알아챌 정도라면 해독 방법도 알 것 같은데요?"

모두의 시선이 바한에게 쏠렸다.

바한은 잠시 생각에 잠기는 듯하더니 고개를 끄
덕였다.

"물론 알고는 있습니다. 판주아 왕국 시절 반란
을 주도했던 죄인에게 먹였던 금용의 독이었으니
까요."

고대 역사, 특히나 판주아 왕국 시절에 대해서는
거의 모든 분야에 통달했다고도 볼 수 있는 게 바
한이었다.

아무르의 얼굴이 밝아졌다.

"그럼 당장……!"

"하지만 어렵습니다."

"네? 왜죠?"

"장소가 제한적입니다. 물론 이곳에서도 구한다면 어떻게든 구할 수 있지만, 해독약을 배합하기 위해 필요한 약초 중 세 가지가 광한수림 가장 남쪽에서 자생합니다. 지금 당장 그곳으로 출발한다하더라도 넉넉잡아 한 달이 넘게 걸릴 겁니다. 그렇게 되면 부활화의 제거는 요원한 일이 되겠지요."

당혹스러운 상황이었다.

모아라의 독을 해독시켜 주기 위해서는 부활화를 포기해야 하는 것이고, 부활화를 포기하면 이번 원정의 목적 자체가 무너지게 된다.

만약 세 어른들의 말에 따라 그것이 사실이라면 전 인류가 멸망할 수도 있게 되는 것이다.

그렇다고 이렇게 고통스러워하는 모아라를 보며 가만히 있기가 힘든 것도 사실이다.

실제로 용의 저주에 당했던 사람들 중 자살하지 않은 사람이 오직 한 명뿐인데, 그조차도 얼마 살지 못해 죽었다고 하지 않았나.

고르고가 무거운 한숨을 쉬었다.

"어떻게 하죠?"

바한이 고개를 저었다.

"당장 해독하기에는 무리가 있습니다. 그렇지만 발작의 시기를 늦추고 통증을 완화시킬 수는 있습니다. 그것으로 대체를 하는 게 올바른 방향이 아닌가 합니다."

아무르의 얼굴이 환해졌다.

역시 바한의 지식은 방대하며, 쓸모가 많았다.

"그렇게 하죠."

"하루를 더 잡아먹어야 할 겁니다. 약초를 배합하는 것까지는 어렵지 않지만 본래 탕을 끓여 우려 낸 물로 복용해야 효용이 있습니다. 불을 피우기에는 제반 여건이 좋지 않으니 환약으로 만들어야 하는데 시간이 제법 걸립니다."

그렇지 않아도 바쁜 시기에 하루라는 시간이 얼마나 소중한지 일행은 모두가 알고 있었다.

그 하루 때문에 부활화의 파괴를 저지하지 못할 가능성도 분명히 있었다.

그렇지만 일행의 얼굴은 완고했다.

"하루를 더 소비하죠."

결국 일행은 한적한 곳, 나무들이 **빽빽한** 곳에 숨어들어 하루를 더 쉬게 되었다.

고통 속에서 깨어난 모아라는 미안한 마음에 얼굴을 들지 못했다.

"저 때문에 자꾸 일정이 미뤄져서……."

몰란덱이 콧방귀를 뀌었다.

그의 콧방귀는 여전히 천둥번개를 연상시킬 정도로 우렁찼다.

"굳이 그런 걱정 하지 않아도 되오. 사람 살리러 가는 길인데 눈앞에 사람도 못 구할망정 치료도 안 해 준다면 어디 되겠소?"

모아라의 마음을 편하게 해 주는 말이었다.

굳이 노린 것은 아니었으나 몰란덱의 그 말로 인해서 모아라는 일행을 더욱 깊게 믿을 수 있었다.

중독을 시키면서까지 광한수림으로 데려온 사람이 있는가 하면 아무런 인연이 없음에도 자신들의 일정을 늦춰 가면서까지 분투해 주는 사람도 있다.

인생은 그런 것이다.

나쁜 사람들이 한없이 많은가 하면 그만큼 좋은

사람도 많은 법.

　모아라는 눈물을 흘렸다.

　결과적으로 일행의 선행 덕분에 그들은 진득한 위험으로부터 다소 벗어날 수 있었다.

　반대로 그들의 위험을 가져간 사람들은 지독한 불행에 치를 떨었다.

　하지만 언제나 위험과 안심이 따로 떨어져서 오는 건 아닌 바, 이것이 위기가 될 것인지 기회가 될 것인지 오직 신만이 알 것이다.

4막 2장

수를 헤아리기 어려운 빛의 광채가 조용히 주변을 비추는 가운데 홀로 고고한 무한의 신이 있어 그 성스러움이 비할 데 없으리라. 그러나 인세에 나타난 약초의 신은 추악한 동식물의 습결 속에서 얼마 버티지 못해 수명이 별빛보다는 길고 달빛보다는 짧다.

　만일 인간이 성스러운 신의 육체를 건드린다면 신은 인간에게 파멸의 다른 이름으로 스며들 것이고, 결과적으로 모든 인간들이 말할 수 없는 불행으로 대지 속에 파묻힐 것이다.

　약초의 신을 감싸기 위해 요괴처럼 커진 나무들은 외따로 떨어진 섬처럼 보인다.

혹여 인간의 무지함과 욕망으로 더럽힐까 두려워 선왕의 지혜로 만들어진 숲은 선왕의 무덤이자 선왕의 위엄이었고, 선왕의 자애가 남긴 인간에 대한 안타까움이리라.

그럼에도 불구하고 약초의 신을 건드린다면, 인간들은 대자연의 분노에 앞서 선왕의 분노부터 감당해야 하리라.

대지의 수호자와 창공의 지배자의 위엄과 순결함이 없었다면 이미 신은 인간을 열 번도 더 버렸을 것이니 마땅히 인간들은 이를 알아 자연 앞에 겸허하고 만물과 함께 생동적인 역사를 만들어 나가길…….

—법정성이 보관한 기밀문서 중 일부에서—

　피가 강처럼 흐르고 으깨진 살덩이는 한 번 보고 도무지 판단할 수 없는 잔혹함으로 대지를 물들였다.

　신의 섭리로 이 땅에 나타난 용과 귀신, 그들의 도움을 받아 마땅히 각성하여 지성이라는 것을 얻게 된 최약체이자 최강의 종족이 인간임을 생각한다면 이런 최후는 도무지 받아들이기가 힘들 정도였다.

　얻은 지성으로 욕망을 발출하니 산을 깎아 성을 만들고, 쇠를 두들겨 병기를 생산한다.

사람의 연약한 살덩이는 물론 갑옷처럼 단단한 악어의 가죽도 뚫는 이 날카로운 쇠붙이는, 바위에 대고 휘두르지 않는 한 부러질 염려도 없는 강렬한 미학을 자랑한다.

　그런 쇠붙이조차 부러져 신음을 내지르고 있었다.

　종말의 마지막 광경이 있다면 이러할까.

　물경 이백에 이른 시체들의 산을 어슬렁대는 수많은 짐승들은 도무지 짐승이라 불리기에도 어울리지 않는 흉포함으로 무장했다.

　각기 다른 모양새였으나, 단검 같은 이빨과 소름 끼치게 날카로운 발톱, 악어처럼 단단한 비늘로 덮인 광신의 무리들이 죽은 시체를 뜯었다.

　인간들의 시체도 많았지만, 주변에 너부러진 광신자들의 숫자도 제법 많았다. 하지만 이삼십 정도의 숫자는 이백의 몰살과 비교하기에는 미비한 수준이었다.

　고약한 괴성과 함께 피의 축제를 벌이는 광신자들의 눈동자는 흥분과 광기로 거의 뒤집어지다시피 했다.

죽어 나간 시체들만큼의 살아 있는 광신자들이 서로 앞을 다투며 야들야들한 살코기에 주둥이를 가져다 댔다.

찌익, 하는 불쾌한 소리가 숲을 울렸다.

살과 옷이 단번에 찢어지는 소리였다.

시체들이 입고 있었던 옷의 전면부에는 '법'이라는 글자가, 후면부에는 '정'이라는 글자가 큼직하게 쓰여 있었다.

법정성.

희망의 성과 현자성, 귀족성 등등 수많은 세력 중 하나로 국가가 없는 세상에 나타난 질서의 수호자라는 이들이 여기서 무더기로 죽어 나간 광경은 퍽 애처롭기까지 했다.

죽어 가면서도 이 끔찍한 살육 전쟁에 대항한 듯 대다수의 시체들의 얼굴에는 용기와 기백이 놀라우리만치 명료하게 새겨져 있었다.

그러나 무정한 광신자들의 이빨과 두툼하고 무거운 발은 그들의 용기와 기백을 짓밟는 잔혹함이 되어 주었다.

바한 일행이 당도하기 한 시간 전에 일어난 일이

었다.

‡　　‡　　‡

　빠르게 달려가면서도 바한과 쿨리아, 몰란덱의 얼굴은 좋지가 않았다.

　바한은 숲의 소리를 들었고, 쿨리아는 냄새를 맡았으며, 몰란덱은 생사의 고비를 넘나들며 발달된 육감으로 알아냈다.

　몰란덱은 모아라를 업고 초월적인 도끼를 들고서 달림에도 한 점 힘든 기색이 없었다.

　다만 눈썹이 한없이 일그러져 있었다.

　"제길, 뭔가 느낌이 이상해. 거의 난잡한 전투에서나 있을 법한 더러운 기분이야. 광신자들 쪽에 일이 생긴 것 같은데."

　바한은 무거운 안색으로 고개를 끄덕였다.

　그는 아무르를 업고 있었고, 쿨리아가 고르고를 업고 있었다.

"많은 수의 사람들이 이곳으로 찾아온 것 같습니다. 아마 광신자들이 있는 줄 모르고 다가왔을 공산이 큽니다. 적어도 이백 명 이상이 광신자들의 이빨에 목숨을 잃은 것 같습니다. 숲이 떨리고 있습니다."

아무르는 바한의 등에 업히면서도 용케 똑 부러진 말투로 말했다.

"산신성의 원정은 무너졌고, 연군성도 무너졌다면 아무래도 법정성일 가능성이 클 것 같아요. 게다가 그만한 수의 사람들을 광한수림으로 파견할 정도의 힘을 갖춘 집단은 별로 없죠. 보냈다면 병사들을 보냈을 테니. 당연히 귀족성도 아닐 겁니다."

쿨리아의 등에 업힌 고르고도 동의했다.

"그런 것 같습니다. 성의 세력들 중에서 법정성이 가장 많으니까요. 게다가 내가 광한수림으로 들어오기 전에 서쪽으로 파견했던 법정병사들 다섯 개의 부대가 귀환했다고 들었습니다. 병력의 여유는 있었을 거란 말이죠."

"정확해요."

쿨리아는 툴툴댔다.

그러면서도 한 점 힘든 기색 없이 달릴 수 있다는 게 신기할 지경이었다.

"법정성이니 산신성이니 도통 알아들을 수 없는 세력이군. 판주아가 망하면서 땅따먹기라도 한 거야? 들어 보니까 나라가 갈린 것 같지는 않은데."

"그런 건 아니고요. 어쨌든 설명하기 난해합니다. 성들의 발호를 말하자면 거의 역사책 한 권만큼의 설명이 필요하거든요."

말로써 긴장을 푸는 건 좋지만 신중하게 체력을 가꾸어야 하는 만큼 계속된 대화는 마냥 좋은 게 아니었다.

그들은 꾸준히 달리다, 마침내 바한이 창을 들어 전진을 멈추었다.

"여기서부터는 일단 조심하기로 합시다."

아무르가 의아한 기색으로 묻는다.

"왜요? 무조건 정면 돌파라고 그랬잖아요?"

"법정성이든 어디든 일단 사람들이 많이 죽었습니다. 숲 전체에 피 냄새가 진동합니다. 그 지독함이 광신자들의 후각이 마비될 정도는 됩니다. 애초에 이런 상황이 아니었다면 모를까 피 냄새에 미쳐 날뛰는 지금 오히려 돌파행은 그들의 주의를 끌지도 모릅니다. 조심스럽게 접근하다가 놈들이 동료를 부르기도 전에 목숨을 끊는 것이 바람직한 전술입니다. 물론 조심스럽다는 것이 빠르지 않다는 건 아닙니다."

몰란덱은 그럴듯하다며 고개를 끄덕였고 쿨리아는 바한의 전술에 확실히 동의했다.

"맞습니다, 대인. 광신자의 후각은 거의 저와 비슷하다고 볼 수 있는데 저도 지금 어지러울 정도예요. 사방에서 피 냄새가 피어오릅니다."

쿨리아의 붉은 눈동자가 은은하게 파란색을 띠고 있었다.

기분의 좋고 나쁨을 떠나 피 냄새에 몸이 반응하고 있다는 증거였으며, 그걸 본 바한은 자신의 생각에 확신을 가졌다.

고르고의 눈에 안타까움이 떠올랐다.

이쪽 일행에게는 분명 기회가 될 수 있을지도 모르는 일이지만 그토록 많은 사람이 죽었다 하니 기분이 좋지가 않았던 것이다.

그는 속으로 죽은 병사들을 위해 기도했다.

아무르라고 다르진 않았다.

위협과 공포에 익숙해진 만큼 동정과 슬픔은 커져만 간다.

모아라는 광신자가 어떤 짐승인지 몰라도 대단히 사납고 위협적인 존재는 확실하다고 생각했다.

그녀도 세상을 떠돌며 몰란덱의 전설 같은 명성은 들어 봤으니 소문의 반만 되어도 몰란덱은 이미 사람이라기에 무리가 있는 괴물이었다. 그런 몰란덱도 살짝 긴장하고 있지 않은가.

"갑시다."

빠른 걸음으로 주위를 살피며, 일행은 전진했다.

쿨리아는 한껏 눈살을 찌푸렸는데, 냄새 때문에 방향 감각이 왜곡될 정도였기 때문이다.

게다가 그녀는 생명체의 피를 마시면서 삶을 영위하는 요괴였으니 흥분과 이성의 싸움으로 많이 어지럽기도 하였다.

빠르게 하지만 조심스럽게 숲을 뒤진 바한은 이상하게 찝찝한 자신을 느낄 수 있었다.

뭔가 빠트린 기분. 하나 그게 도대체 뭔지를 모

르는 답답한 기분.

느껴 본 사람들은 전부 아는 그 더러운 기분이 바한의 발걸음을 초조하게 만들었다.

'내가 뭘 놓치고 있는 걸까?'

잊었던 감정이 가슴을 채우자 반대로 머리는 갈피를 못 잡고 있었다.

논리대로 판단하면서 움직일 때는 한 번도 느낄 수 없었던 고약함이 지금은 어디로 날아갈지 모르는 화살처럼 그를 불안케 했다.

'부활화? 광신자? 아니면 광신자들의 대사제? 선왕의 대지? 용의 저주? 댕갈송이? 칼표범? 복수신? 무덤? 산신 호랑이나 무지······.'

그의 고개가 번쩍 들렸다.

'그렇구나!'

자꾸만 머리 한구석을 울리는 뭔가가 있었다.

뭔지 몰라서 애써 무시하려고 해도 미련이 없어지질 않았다. 그런데 그게 생각났다.

바한은 다시 바닥을 보았다.

바닥에 쌓인 죽은 나뭇가지들이 아프다면서 비명을 지르는 듯했다.

매정하게 밟히는 그들의 비명은 이미 죽어서 메아리도 되질 못하지만 생생한 나무들이라면?

법정성의 병사들과 광신자들의 전투가…….

그는 냅다 아무르를 업었다.

그녀는 갑작스러운 행동에 꺅 하는 비명을 질렀다.

"빌어먹을! 몰란텍과 쿨리아는 어서 모아라와 고르고를 업어요! 여기서부터 전력으로 달립니다!"

가빌라와 모아라를 제외한 일행은 어리둥절한 것을 넘어 제법 충격을 받았다.

그들은 바한과 지내면서 지금까지 그가 욕지거리를 내뱉은 것을 본 적이 없었던 것이다.

하지만 그의 표정은 더할 나위 없이 급박했고, 일행에게 전파되는 속도 역시 무자비할 정도로 빨랐다.

바한이 저런 표정을 지을 정도라면 얼마나 급한 일이 생겼다는 뜻일까?

서둘러 한 명씩 업고 주위를 살피며 달리는 일행이었다.

쿨리아는 당황했지만, 굳이 묻지 않았다. 상전

모시듯이 하는 그녀는 이미 바한을 완전히 믿고 있기 때문에 그럴 이유가 충분하다고 생각했기 때문이리라.

하지만 몰란덱은 그러지 않았다.

바한을 믿었지만 의문을 해소하기 위해 입을 열었다.

"바한. 갑자기 왜 그러는 거요?"

"이럴 때가 아닙니다. 어서 주변에 낙엽이 많이 쌓은 곳이나 죽은 나무들을 찾아보세요! 부활화가 피기에 적합한 환경이 넉넉잡아 열 군데는 있을 겁니다!"

"아니, 그러니까……."

바한은 초조한 얼굴이었지만, 여전히 입을 멈추지 않았다. 여전히 묻는 사람에 대한 예의를 차리는 것일까?

"이백 명 정도의 많은 사람들이 광신자들과의 결전으로 죽었습니다! 그들은 숲의 위험 요소를 알지 못해요! 어떻게 살아서 여기까지 왔는지 모르겠지만 전투를 하면서 많은 나무를 상처 입혔을 것이고, 광신자들 역시 피와 흥분에 젖어 다가올 위협은 안중에도 없이 식사부터 하게 될 겁니다! 먹이가 지천으로 널렸으니 본능이 이성을 눌렀을 게 확실해요! 이곳 광신자 영역 전체에 비상이 걸린 셈입니다!"

일행은, 정작 쿨리아까지도 안색이 창백하게 질려 갔다.

그렇다.

그것을 생각하지 못했던 것이다.

광신자들끼리 싸움이 났든 칼표범끼리 싸움이 났든 복수신끼리 싸움이 났든, 아니면 그들 전부가 싸움이 났든…… 절대로 건드리지 않아야 할 불문율이 있었으니 바로 살아 있는 나무를 건드리지 않는 것이었고, 그 이유에 대해서는 확실하게 몸으로 겪은 일행이었다.

차라리 열거한 세 맹수들에게 둘러싸이는 것이 백 번 낫지, 입에서 꺼내기조차 싫은 괴수가 몰려온다면 그냥 나무에 밧줄을 걸고 목을 집어넣는 게 현명하다 하겠다.

몰란덱의 표정도 한없이 굳어졌다.

자부심 넘치는 전사, 도깨비 전사라고도 불리는

그였지만, 그는 자신의 능력 역시 정확하게 인지할
줄 아는 미덕을 갖춘 사람이었다.

한 마리라면 전투로 잡을 수 있고, 두 마리라면
전투 및 도주로 목숨을 건지겠지만…… 세 마리
이상이 방위를 잡고 몰려온다면 무조건 죽는다고
봐야 했다.

더군다나 지켜야 할 사람이 있고, 맡은 임무가
있다.

바한은 물론 몰란덱, 쿨리아를 비롯해 일행 전체
는 광한수림에 입림 한 후 최악의 위기가 다가오고
있다는 걸 몸으로 느끼고 있었다.

그리고 정확하게 반 시간이 지나서…….

바한의 말에 일행은 절망의 구렁텅이가 무엇인
지 강제로 깨달아야만 했다.

"무지개 사자 무리가 흩어져서 다섯 방향으로
다가옵니다. 삼십에서 사십 정도입니다. 산신 호
랑이 역시 이십여 마리 정도가 광신자의 영역으로
침입했습니다. 이곳에서 반경 8키로 정도입니다."

신화 속에 튀어나오는, 이야기책에서나 튀어나
오는 지상 최대의 맹수 두 종이, 무려 오십이 넘어

가는 숫자로 광신자들의 영역에 다다른 것이다.

저 멀리서 뭔가 거대한 포효 소리가 들리는 듯했다.

묵직하면서 위엄 있고, 날카로우면서 웅장하고, 강렬하면서도 스산하기 짝이 없는 일대 괴수들의 난입이 지금 이 순간 시작되고 있었다.

‡　　‡　　‡

거의 천 년의 세월을 숲에서 영위하던 바한조차도 이런 말도 안 되는 괴수들의 집단 공격은 처음이었다.

간혹 그들을 따돌리면서 도주한 적은 있었으나, 지금은 그 괴수들의 품을 뚫고 들어가서 부활화를 찾아내야만 했다.

그나마 다행인 것은 그들의 모든 분노가 저쪽 편 인간들과 광신자들에게 몰려 있는 것이지만, 흥분한 초월적 괴수들이 어떤 분노를 쏟아 낼지 바한도 알 수 없었다.

물론 광신자들도 만만치는 않을 것이다. 그러나 한두 마리라면 모를까 항거할 수 없는, 거의 자연 재해에 가까운 폭력은 그들도 이내 도망치도록 만들 것이다.

광한수림에 산신 호랑이와 무지개 사자가 나타나고 나서 가장 많이 뭉쳐서 나타난 적이 스물 정도였다.

오십이 넘어가는 숫자라니, 기가 막힐 일이다.

이 정도면 판주아가 멀쩡했다 해도 국방 수비력의 최소 절반 이상, 많게 잡으면 십에서 팔구 정도는 초토화되는 걸 각오해야 할 만한 재해였다.

즉, 말 그대로 하나의 나라가 총공세를 펼치고 있다는 것과 다르지 않다는 의미였다.

가빌라는 이를 악물었다.

이 거대한 나무들조차 숨을 죽이게 만드는 압도적인 포효. 한없이 멀리 떨어졌음에도 목 뒤에서 아가리를 열고 있는 듯한 착각.

확실했다.

산신 호랑이는 모르겠지만 무지개 사자 네 마리

로 인해 산신성의 모든 병력이 초토화가 되었다.

이전에 회색빛 괴물들로 인해 병력의 깎임이 있었다고는 하지만, 거대 사자의 포효와 살육은 꿈에서도 보기 싫은 공포 중에 공포였다.

그 역시 나름 의리를 알고 복수를 아는 남자였다.

살아서 돌아갈 수만 있다면 광한수림을 모조리 불 질러서 먼저 간 동료들의 복수를 하고 싶었다.

하지만 적어도 이곳에 있을 때는 아니었다.

복수를 하기도 전에 몸이 해체되는 광경을 눈으로 목격하게 될 것이 빤했다.

"제기랄!"

절로 욕설이 나왔다.

아무르는 입술까지 새파랗게 질렸지만, 기어코 눈을 빛냈다.

상황이 이상하게 돌아갔으나 결국 끝까지는 왔다. 여기서 포기할 수는 없는 것이다.

죽는 건 죽는 것이고, 임무는 임무였다. 부활화를 찾아내어 무조건 꺾어야 한다.

그녀가 그러한데 몰란덱은 오죽할까.

무자비한 전력으로 이곳 주변이 무너지게 될 상황이었지만, 그는 패기 있게 달렸다. 적어도 그가 살아온 역사에서 맨몸으로 하늘을 나는 걸 제외하면 불가능은 없었다.

'무조건 찾는다!'

사람의 본성은 위기를 맞이할 때 드러난다.

몰란텍과 아무르는 사명감에 젖어서, 동시에 가슴 안에 꾹꾹 눌러 두었던 용기란 용기를 다 끄집어 내서 눈을 빛냈다.

그렇게 한 시간은 지났을까.

바한의 체력은 심각할 정도로 떨어져 있었다.

광한수림은 사람이 잘 다니도록 깨끗하게 닦인 길이 아니었다.

오히려 여느 산보다 울퉁불퉁하고 경사도 뒤죽박죽이다. 평범한 사람의 몸으로 한 시간 동안 사람 한 명을 업은 채 이렇게 달린 것도 놀라운 일이다.

그러나 역시 그의 안색은 변화가 없었다.

그때 고르고가 손을 뻗었다.

"저기!"

그가 손가락으로 가리키는 곳에는 누가 봐도 썩은 거대 나무가 있었다.

스러지고 스러졌음에도 무너질 기미가 보이지 않는, 하지만 마치 시체를 보는 것 같은 괴이한 느낌의 나무였다. 나무의 색깔도 어두웠다.

바한은 머리를 흔들어 땀을 쳐 냈고 아무르는 그의 얼굴에서 흐르는 땀을 연신 닦아 주기 바빴다. 일행은 전부 그쪽 나무를 향해 달려 나갔다.

"몰란덱! 도끼로 이 나무를 박살 내 주십시오!"

몰란덱은 대답도 없이 위압감 넘치는 도끼를 휘둘렀다.

그의 등에 업힌 모아라가 비명을 질렀지만, 지금 그녀의 비명에 신경을 쓰는 사람은 적어도 단 한 명이 없었다.

우지끈 하는 소리와 함께 거대한 나무가 완전히 박살 나 버렸다.

이미 죽어서 말라비틀어졌다면 초월적인 크기를 자랑했던 나무가 이렇게 부서진다는 건 눈으로 보고도 믿겨지지 않는 위업이었다.

모두의 입이 떡 벌어졌지만 바한은 그저 눈을 빛

내며 박살 난 고목의 안과 주변에 떨어진 낙엽들을 헤집었다.

얼마 지나지 않아 바한이 고개를 저었다.

"이 나무 주변은 아닙니다. 아무래도 광신자들 영역 가장 깊숙한 내부까지 들어가야 할 것 같습니다."

광신자들의 내부 가장 깊숙한 곳으로 들어간다는 것이 어떤 의미인지 일행은 깨달았다.

시시각각 찾아오는 재해의 위험 속으로 직접 뛰어들어야 한다는 뜻이다. 피의 살육제, 선왕의 무덤으로 생생한 생명력을 자랑했던 광한수림에 역사상 가장 큰 죽음의 구덩이 속으로 들어가야만 한다.

몰란덱이 살짝 이를 악물다가 말했다.

"별 수 없겠소, 바한. 일행을 나눠야겠소."

아무르와 고르고는 무슨 소리냐며 놀란 기색이었다.

그러나 바한은 몰란덱의 말에 완전히 동의했다.

"나도 방금 그 생각을 했습니다."

"아무래도 우리 둘이서 들어가는 게 좋을 것 같

소.”

“그것이 가장 바람직하겠습니다.”

아무르가 중간에서 끼어들었다. 그녀의 얼굴은 의아함과 당혹감으로 젖어 있었다.

“아니, 잠깐만요! 지금 그게 무슨 말이죠?”

바한이 눈을 빛내며 몰란덱에게 시선을 돌렸다.

몰란덱은 이전에 보여 주지 못한 강철 같은 굳건함으로 아무르를 바라보았다.

“여기서 우리 전부가 영역 내부로 들어가는 건 거의 자살 행위에 가깝소. 인정할 건 인정해야 하지 않겠소? 상황이 급박하오. 만약 저쪽에서 광신자와 산신 호랑이, 무지개 사자들과의 전투가 벌어지게 되면 우리는 아무르 당신과 고르고, 모아라를 지켜 주기가 힘들 거요. 즉 침투는 최소 인원으로 해야만 하고, 원정대의 일원인 나는 무조건 들어가야만 하며, 숲을 잘 아는 바한과 함께 행동하는 것이 좋소.”

“그럼 우리는요!”

“혹시 모르니 이곳에 죽은 나무들을 찾아서 살펴 주시오. 그곳에 부활화가 있을지도 모르니까.”

몰란덱은 그러면서도 아차 싶었다.

부활화가 어떻게 생겼는지 그는 도무지 알 수 없었던 것이다. 그의 심정을 깨달았는지 바한이 덧붙였다.

"죽은 나무 내부는 물론, 낙엽더미 속에서 식물이 자란다는 것 자체가 이미 모순입니다. 굳이 그런 걸 따지지 않아도 보는 순간 그것이 부활화라는 걸 알게 될 겁니다. 아무래도 특별하니까요."

아무르는 입술을 깨물었다.

이런 상황에서 짐이 될 것이라는 건 이미 알고 있었지만 막상 이렇게 되자 참담하기 짝이 없었다.

애초에 원정대로 파견이 된 것은 그녀 자신과 몰란덱이었고, 가도 그녀와 몰란덱이 함께 가야만 했다.

하지만 몰란덱과 바한이 주장한 말은 아무리 생각해도 허점이 없었다.

고르고도 한숨을 쉬었다.

임무를 떠나 호기심으로 참여한 원정이었지만, 평생 소원이 부활화를 보는 것이었다.

그 장엄과 신비의 광경을 두 눈으로 보지 못한다

고 생각하니 정신이 다 아찔했지만 지금 상황에서 그걸 주장할 수도 없었다. 그는 자신은 물론이거니와 일행들도 위기에 처하길 원하지 않았다.

바한은 창을 고쳐 잡고 쿨리아에게 다가갔다.

쿨리아는 고개를 푹 숙인다.

"이렇게 되어 미안하네. 자네가 수고 좀 해 주어야겠어."

"어인 말씀이신가요? 당연히 제가 해야 할 일입니다."

그녀의 앞으로 바한의 단단한 팔뚝이 드러났다.

"마시게."

"대, 대인?"

"나는 몰란덱과 함께 가니 오히려 부담이 줄어들지만, 남은 일행의 안전을 자네가 책임져야겠네. 이것저것 따질 상황이 아니야. 최대한 몸을 정상으로 만들어 놓게."

쿨리아는 살짝 붉은 입술을 깨물다가 이내 입을 벌려 바한의 팔뚝을 물었다.

그렇지 않아도 체력적으로 제법 지친 바한이었지만, 그의 표정은 여전히 변함이 없었다.

그는 쿨리아에게 팔을 내주면서 다른 손으로 댕
갈송이를 꺼내 생으로 씹어 먹었다.

식은땀으로 가득한 그의 몸이 차가운 숲의 바람
에 부딪쳐 괴상한 아지랑이를 피워 냈다. 댕갈송이
를 다 먹고 나서는 품에서 치아목 나무가 던져 준
열매까지 통으로 먹어 버렸다.

그건 바한만이 아니라 일행 역시 그러했다.

지금은 뒤를 생각할 때가 아니었다. 금세 힘을
쓸 수 있도록 단단하고 확실한 영양소를 필요로 할
때였다.

쿨리아의 눈동자가 더없이 새파랗게 변하자 그
녀는 이윽고 입을 떼고 품에서 깨끗한 천을 꺼내
그의 팔을 돌돌 말아 주었다.

그녀는 바한의 앞에 엎드려 절을 올렸다.

"부디 몸 성히 다녀오시길 기원하겠나이다."

"자네도 조심하게. 너무 무리하지는 말게."

아무르는 몰란덱의 앞으로 다가갔다.

몰란덱 역시 위압감 넘치는 눈을 빛내며 아무르
를 바라보았다.

"부디 성공하길 바랄게요."

몰란덱이 피식 웃었다.

"그쪽도 우리 쪽만큼 힘들 거요. 몸 성히 버티길 바라겠소. 부활화 꺾어 버리고 돌아가서 우리 노친네와 그쪽 노친네 궁둥짝이나 몇 대 때려 줍시다."

평소라면 눈살을 찌푸렸겠지만 아무르는 오히려 환하게 웃었다.

약간은 사나우면서도 청초한 느낌이 물씬 풍겼던 그녀가 웃자 팽팽했던 긴장감도 스르륵 잠에 빠져든 것처럼 바닥 깊숙이 내려앉는다.

"흥미 있는 계획인데요?"

"당신이 태어난 이후 가장 강렬한 경험이 될 거요."

가빌라는 약간 초조한 듯 허리춤의 칼을 몇 번이나 잡았고, 모아라 역시 고르고 옆에 서서 잡동사니들을 정리했다.

아직 이전처럼 체력이 좋지 않은 그녀였지만, 상황이 상황인 만큼 할 수 있는 일은 모두 해내야만 했다.

고르고가 작고 단단한 음성으로 외쳤다.

"조심하세요, 바한!"

고르고는 물론 아무르, 몰란덱, 모아라, 가빌라 게다가 쿨리아까지 거의 경역할 만한 경험을 하게 되는 순간이었다.

바한이 웃었다.

눈은 초승달처럼 살짝 휘어지고 입가에는 비록 딱딱했지만, 분명 웃음이라는 것이 떠올랐다.

놀라우리만치 감정적인 평범한 인간들과 비교하기엔 무리가 있었지만, 지금의 바한은 분명 '미소'를 짓고 있었다.

상대를 안심시키기 위한, 그리고 고마움에 대한, 자비에 대한, 복잡 미묘한 인간의 모든 감정을 품은 명확한 미소를 그들은 보았다.

"건투를 빌겠습니다."

아무르는 왠지 가슴이 저릿한 느낌을 받았다.

저 바위보다 단단하고 강철보다 차가운 남자의 미소를 다시는 보지 못할 것 같은 예감이 들었던 것이다.

그것은 고르고도 마찬가지인지 눈동자가 크게 흔들렸다.

두 학자는 알 수 없는 감정적 동요에 바한을 부르고 싶었지만, 바한과 몰란덱은 이미 숲을 향해 뛰어든 상황이었다.

그렇게 바한과 몰란덱, 회색늑대 한 마리는 빠르게 숲의 내부로 이동했다. 가는 사람은 가는 사람대로, 남은 사람은 남은 사람대로 피를 말리는 싸움이 시작된 것이다.

‡   ‡   ‡

사람이 겪을 수 있는 끔찍함이라는 감정은 대개 여러 방면에서 그리고 여러 상황에서 충분히 빠르게 다가올 수 있는 유쾌하지 못한 감정이다.

수를 헤아리기 힘든 사람들의 수, 그것은 수를 헤아리기 힘들 정도의 개성과 성격이 많다는 걸 의미한다.

어린 시절 거지처럼 쓰레기를 뒤져 목숨을 부지했었고, 산적들에게 죽을 뻔한 적도 많았지만 정작

차을목은 인생 최고의 끔찍함과 허탈함을 맛보는
건 지금이라는 걸 부인하기 어려웠다.

고개를 숙이고 속내를 숨기고 야망의 불길을 태
웠던 시간이 얼마나 되는지 그는 세어 보기도 힘들
겠다고 생각했다.

자신의 꿈을 세웠던 나이 때부터 그는 항상 수십
개의 가면을 착용하며 살얼음판을 걸었고, 덕분에
지금의 높은 위치까지 올 수 있음에 자부심을 가졌
다.

이제 그가 세웠던 야망은 또 하나의 불티를 맞이
하여 모닥불처럼 피어오르고 산불보다도 커진 상
태였다.

그는 자신의 꿈과 인생을 동일시하게 된 사람으
로 변해 버렸다.

꿈이 무너지면 인생도 무너진다. 살 가치가 없어
지는 극단적인 형태의 삶을 그는 살아가고 있었다.

지금 그의 눈에 꿈이 무너져 가는 광경이 보이고
있었다.

어지간한 마을보다도 큰 귀족성의 거대한 성벽
을 통과하고, 또 통과해서 엄청난 피해를 준 '존

재'가 하나뿐이라는 것에 대해 유감조차 느끼지 못하는 그였다.

　한때는 사람이었으나 지금은 사람의 탈을 쓴 부활자.

　무하나비는 미쳐 괴성을 지르면서 병사들의 화살을 맞고 창에 찔리며 칼에 베이면서도, 가히 산신 호랑이와 같은 용맹함과 무지개 사자 같은 괴력을 선사하며 병사들이 만든 벽을 뚫어 버리기에 이르렀다.

　그것은 호수의 바닥까지 저항 없이 쏘아진 화살을 연상케 했다.

　몇 번의 자살과 몇 번의 부활.

　무하나비는 자살과 부활을 반복하면서 점점 이성을 상실해 갔다.

　짐승인지 사람인지 구별되지 않는 그를 보며 많은 병사들이 연민을 느꼈으나 그러한 감정을 품었던 병사들은 이제 단 한 명도 없게 되었다.

　먹을 것도 제대로 먹지 못해 뼈에 살가죽만 붙은 몸으로, 무하나비는 달리고 또 달렸다. 자살을 하면 할수록, 화살을 맞으면 맞을수록, 창날에 찔리면 찔릴수록 그의 상처는 빠른 속도로 재생이 되었다.

그렇다. 재생이었다.

스쳐서 베인 상처가 눈 한 번 깜빡할 시간에 본래대로 돌아왔다.

화살에 박힌 상처는 애벌레처럼 꿈틀대며 움직이더니 쩍 벌린 입을 이내 단단하게 봉했다.

심지어 피조차 거의 흘리지 않는 그는, 신화 속의 어떤 고약한 괴물이라 불리기에 부족함이 없었다.

내성이 뚫리고 외곽, 외성이 뚫릴 때쯤에는 이제 창날도 몸에 들어가질 않았다.

그의 몸은 강철보다도 단단했고, 손톱은 주작의 그것처럼 길고 날카로웠다.

한 마리 미친 짐승이 되어 포효를 터트리고 돌진하는 그를 막을 수 있는 수단이 적어도 귀족성에는 없었다.

차을목은 외성의 높은 곳에서 저 멀리 사라지는 무하나비를 보았다.

멀리서 보고 있음에도 어지간한 짐승보다 빠른

무하나비의 바람과 같은 질주가 느껴질 정도였으니 정작 눈앞에서 그를 상대한 병사들의 공포는 얼마나 대단할지 상상조차 가질 않는다. 그는 입술을 깨물었다.

"경비대장!"

"예!"

"병사들을 급파해라! 최소 병력만 남기고 모조리 출발해서 무하나비를 다시 잡아 와!"

경비대장의 얼굴이 곤혹함으로 일그러지는 것은, 굳이 그가 상관의 명령에 불복종하는 취미가 있음으로 해석하기엔 무리가 있을 것이다.

이미 '요괴'라 생각될 정도로, 괴물이라 생각될 정도로 압도적인 위압감과 힘을 보여 준 사람을 어떻게 잡아서 오란 말인가?

단단하게 가둔 성조차 한 명을 막지 못하고 뚫렸는데, 그 괴물을 쫓아가서 잡아 오라는 것은 말도 안 되는 명령이었다.

"차을목 대리님! 명령을 철회해 주십시오! 불가능합니다!"

"무엇이 불가능하단 말이야!"

"성의 모든 병력이 전부 가동되어 그를 막으려 했지만 그것조차 뚫렸습니다. 설령 병력이 수천에 이른다 해도 무하나비를 포박하는 건⋯⋯."

"총포를 주겠다."

경비대장의 눈이 보름달처럼 커졌다.

총포라 함은 귀족성의 성주만을 지키는 비밀 병력들이 착용할 수 있는, 아직 세상에도 알려지지 않은 무기로, 귀족성이 독자적으로 만들어 낸 최악의 살상 병기였다.

사람 손톱보다도 작은 쇠공을 장착해 화약으로 발사시키는 총포는 화살보다 사정거리가 길고 관통력이 발군인지라 철판도 우습게 뚫어 버리는 위험한 무기였다.

차을목의 눈동자에 얼핏 광기가 드러났다.

그는 경비대장에게 열쇠 하나를 건넸다.

"내 방에 만들어진 도서관 삼호로 들어가라! 그곳에 총포 삼백 자루가 있다! 병력들에게 나눠 주고 모두 출동시켜! 머리만 어떻게든 맞추면 무하나비라도 한동안 움직일 수 없을 거다!"

한 번도 쏴 본 적이 없는 총포였지만, 다시 잡아

온다 한들 다시 묶을 단단한 쇠사슬이 또 있을까 싶은 생각이었지만 경비대장은 거의 미치기 일보 직전인 차을목의 명령을 거부할 수 없었다.

귀족성의 일천병력은 무하나비가 도주한 곳으로 재빨리 출정했다.

전무했고 후무 할 존재, 부활자를 잡기 위해 출정한 일천에 이르는 병력은 말을 타고 달릴수록 당혹감을 느껴야만 했다.

무하나비가 도주하는 방향은 바로 광한수림이 위치한 곳이었다.

‡　　‡　　‡

배도도 총교장은 이제는 취미 생활인 낚시도 슬슬 접을 때가 되었다는 걸 깨달았다.

그것은 낚시가 매력적이지 않은, 흔히들 취미의 무덤덤함을 불현 듯 깨달았을 때 손을 떼는 것과는 다소 차이가 있는 것이었는데, 사람들은 이런 상황을 '부득이'라는 말로 표현하기도 한다.

하지만 그는 그것이 썩 애석하진 않았다.

낚시를 할 시간조차도 아까울, 너무나도 중요한 문제를 떠안았기 때문일 것이다.

"무하나비가 광한수림 쪽으로 도망쳤다고요?!"

고람은 침중한 안색으로 고개를 끄덕였다.

바위 같은 얼굴의 노전사도 지금만큼은 흔들릴 수밖에 없었던 것이다.

"그렇소. 그것도 귀족성, 성내의 모든 병사들을 물리치고 도주했다고 하오. 허! 그것이 정녕 가능한 일인지."

"부활자라는 특성을 생각하자면 그보다 더 특이한 인물이 또 있을까 의문입니다만…… 아무리 그래도 그렇지, 그 많은 병사들의 포위를 뚫고 도주하다니. 이것이 있을 수 있는 일입니까?"

"솔직히 말씀드리겠소. 그것은 나나 희망의 성 모든 전사들을 찾아보아도, 어느 한 개인이 그런 일을 할 수 없소. 불가능하오. 쇠사슬을 힘으로 뜯고 병사들을 모조리 처치한 뒤 성벽까지 주먹으로 쳐서 뚫었다니…… 기가 막힐 일이오. 귀족성의 병사들의 숫자도 숫자이거니와 창칼, 화살로 무장한 정예 병력이 무려 천이 넘어가지 않소?"

"허어!"

"몰란덱이라면 또 모르겠소만. 게다가 무하나비는 점점 죽음을 경험하고 난 이후 치유되는 속도도 빨라진다고 하오. 어지간한 화살은 뼈에 걸려 밀려나고 칼로 베여도 눈 깜빡할 사이에 피가 멎는다고 들었소."

정녕 신화 속, 이야기 속에서나 나타날 법한 일이 현실로 일어난 것이다.

배도도와 고람은 당혹스러웠다.

물론 자살을 해도 계속 부활하는 부활자의 특성은 앞으로 어떤 일이 벌어져도 이상할 것이 없는 특이성을 몸에 품은 존재였다.

그러나 이건 좀 심한 감이 있었다.

"자살을 거듭할수록 이성을 잃는다고……."

"그렇소. 완전히 괴물이 다 되었다고 하더군. 아예 스스로가 누구인지도 파악하지 못하고 있다 하오. 도대체 무슨 일이 벌어지고 있는지 원."

배도도의 안색이 어두워졌다.

몰란덱과 아무르를 광한수림으로 원정 보낸 이후 대범한 척 하기는 했지만 그렇다고 마냥 내려놓고 있을 수는 없었다.

그건 누구라도 마찬가지일 것이다.

그만큼 사태의 중요도는 높았고, 말할 나위없는 집중과 관심을 필요로 했다. 물론 원정을 간 그들에게 무엇인가 더 해 줄 일은 없었다. 그건 불가능했다.

대신 이후에 일어날 일들, 과정에서 일어날 일들을 검토하고 계획을 확실하게 짜냈다.

그런데 일이 중간에서 틀어졌다.

모든 가능성을 상정하고 돌이켜 최대한 변수를 억제하려고 했는데, 이처럼 무차별하게 깨어질 줄은 생각하지 못했다.

그것은 실상 배도도나 고람의 잘못이라 할 수는 없는 것도 사실인데, 인과법칙과 자연의 위계로 돌아가는 세상에서 상식으로 파악할 수 없는 존재가 나타났는데 어떤 변수가 얼마나 커질지 알 수 있는 사람은 아무도 없다.

고람은 답답한 듯 한숨을 쉬었다.

"지금 귀족성의 일천병력이 무하나비를 다시 잡아 두기 위해 출정했다고 하오. 하지만 그것이 어디 쉽겠소? 성안에서조차 탈출했던 무하나비를 아무리 일천에 이른 병력이라도 어떻게 잡을 수 있겠소? 내 긴급 전보로 희망의 성 전사들을 몇 움직이긴 했으나 그래도 그것이 가능할까 모르겠소."

불가능하다.

배도도는 그렇게 느꼈고 고람도 다르진 않았다.

연신 한숨으로 답답함을 토로한 배도도는 순간 드는 생각이 있었다.

"생각을 조금 달리해야 할 것도 있습니다."

"음?"

"무하나비는 자살을 거듭하면서 제정신을 잃어 갔습니다. 비록 내가 부활자는 아니지만 충분히 미칠 만하다고 생각합니다. 하지만 적어도 지금은, 그것에 초점을 맞추면 안 됩니다."

"그럼 무엇에 초점을……?"

"괴물처럼 살아나고 괴물처럼 치유가 되는, 이 또한 불사라고 할 수 있는 존재가 아니겠습니까? 그런 존재가 아무리 미쳤다고 하지만 왜 광한수림의 방향으로 질주했을까요? 단순히 그곳에 묻혀 있어서? 정말 그런 것일까요?"

고람의 눈동자가 커졌다.

"뭔가 의미가 있는 행동이라 이것이오?"

"이성이 사라졌다면 남는 건 본능뿐입니다. 다시 부활했던 그 자리에 눕고 싶다는 본능이라면 차라리 다행이지만…… 그 외에 다른 문제가 있다면? 광한수림에 뭔가 일이 터진 것일까요?"

고람이 고개를 저었다.

"지나친 비약이오. 그토록 머나먼 거리에서 일어난 일을 아무리 부활자라고 해도 어떻게 알겠소? 상식적으로……."

"그가 상식적인 존재였습니까? 귀족성의 그 두꺼운 쇠사슬과 많은 병력으로 잡아 두었으니 다행이라고 생각한 우리였습니다. 그런데 그는 쇠사슬을 힘으로 끊고 병사들을 모조리 처리한 뒤 도주를 감행했지요. 이건 상식적인 일입니까?"

그제야 고람의 얼굴도 심각함으로 물들었다.

호랑이처럼 매서운 그의 눈동자가 조금 더 커졌다.

"그, 그럼……?"

"무슨 일이 벌어진지 알 수 없지만 분명 무하나 비의 도주와 본능에는 뭔가 관계가 있으리라 생각합니다. 전무후무한 존재가 아닙니까?"

고람은 큼직한 손가락으로 탁자를 툭툭 두들겼다.

고민이 있을 때 자주 행하는 습관이었는데, 지금 이 순간만큼은 도무지 매력적인 행동으로 비춰질 수가 없었다.

실제로 고민이 풀어지지도 않았다. 어떤 사항인지 아무도 모르는 바에야 고민을 해도 알 수 없는 것이다.

배도도는 주먹을 꾹 쥐었다.

"안 되겠습니다."

"에?"

"주작을 통해서 다시 연통을 보내야겠습니다. 몰란덱과 아무르가 최대한 빨리 볼 수 있었으면 좋으련만……."

‡　　‡　　‡

　바한의 얼굴은 여전히 냉정했지만, 함께 달리는
몰란덱은 그의 얼굴이 어쩐지 조금 일그러졌다고
생각했다.

　여전히 무관심한, 어지간한 바위조차도 비교가
안 될 만큼 무감각하기 짝이 없는 바한의 얼굴에서
이런 괴이쩍은 느낌을 받은 건 처음이었다.

　동시에 바한의 옆에서 무서운 질주를 감행하는
회색늑대조차 콧잔등을 살며시 찌푸리고 있다.

　몰란덱은 애써 고개를 저었다.

　바한 역시 상황의 급박함을 느꼈을 것이고, 이전
보다 한층 감정적으로 변모한 뭔가가 있으니 이런
분위기가 나는 것도 무리가 아니라 판단했다.

　그러나 몰란덱이 생각한 것보다 바한의 심정은
훨씬 복잡하고 난해했다.

　그는 달리면서도 달린다는 느낌이 들지 않았
다.

　이전, 집 앞에서 판주아의 마지막 대장군에 대해

몰란덱과 아무르에게 이야기를 들려 주었던 그때와 비슷했다.

하늘 높은 곳에서 자기가 자신을 바라보는 미묘한 감각.

그때는 멍했지만 지금은 복잡했다.

내가, 내가 아닌 느낌.

몸 안에서 뭔가 하나씩, 하나씩 부서지는 감각.

뜨거우면서도 차갑고, 육중하면서도 가볍다. 상반된 괴리감에 바한은 종잡을 수 없는 기분을 맛보는 중이었다.

'각성.'

본능적으로 자신이 각성 중임을 그는 깨달았다.

이전처럼 한 번의 각성으로 별무리가 쏟아지는 감각이 아니었다.

커다란 성채가 위에서부터 와르르 무너지는, 하나하나 벗겨지지 않고 계단처럼 차근차근, 하지만 확실한 속도감이 붙은 파괴.

박살 나기 시작한 내면의 세계.

과거의 단면들과 연결이 되지 않던 현재.

그 중간 과정들이 빠르게 베일을 벗고 있었다.

그럼에도 바한이 혼란스러웠던 것은 무수한 시간을 영위한 만큼 숨었던 기억과 사건이 워낙 많았기 때문이리라.

그것은 광신자의 영역으로 점차 들어설수록 심해지고 있었다.

누군가가 경고하고 있었다.

'저곳으로 들어가면 너는……!'

뭐라고 말을 하는지 모르겠다. 하지만 분명 심상치 않은 일이 벌어질 것만 같은 느낌, 굳이 말하자면 몰란덱의 거의 초능력이라 불리어도 부족함이 없는 육감과 비슷했다.

무엇인가 자꾸만 바한을 부르고 있었다.

위험하지만 오라고 한다.

또한 그의 머리를 자꾸 지배하는 하나의 생물이 있었으니 바로 광신자였다.

수많은 광신자들이 죽어 가고 있었다.

산신 호랑이의 발톱에, 무지개 사자의 이빨에 참혹할 정도로 빠른 죽음을 겪고 있었다.

수를 헤아리기 어려운 많은 광신자들이 비명을 지르고 있다.

광신자들이 죽는 게 하나하나 느껴졌다.

왜일까? 왜 그들이 죽는 게 이토록 명확하고 또렷하게 느껴지는 것인가? 그리고 도대체 왜……?

'녀석들이 죽을 때마다 각성이 빨라지는…….'

바한의 등에 식은땀이 흘렀다.

손에 쥐고 있는 용골의 창, 참란된 창이 은은하게 떨리고 있었다.

그것은 소리 없는 포효, 귀신의 피로 녹인 선왕의 일부가 무섭도록 위엄을 풍겼다.

회색늑대의 눈동자도 유난히 파랗게 빛났다.

쿨리아의 눈동자보다도 더욱 진하고 깊은 색깔의 눈동자는 신에서 짐승으로 강등된 고위 개념이 탈피를 위해 제 몸을 태우는 신성한 의식과 같았다.

그때 바한과 몰란덱, 회색늑대의 고개가 확 돌아갔다.

좌측이었다.

뭔가 심각하게 무너지는 소리가 들린다.

치가 떨릴 정도로 육중한 존재감의 뭔가가 무너지고 있다. 심지어 땅까지 울리고 있으니 기분이 좋지가 않다.

몰란덱의 표정이 어리둥절해졌다.

"이게 뭐지? 바한, 뭔지 알겠소?"

"나무입니다."

"나무?"

"살아 있는 생생한 나무가 뿌리 채 뽑혀 옆으로 쓰러진 것입니다."

몰란덱의 눈이 툭 불거졌다.

아무리 장사로 소문이 난 몰란덱이었지만, 그냥 나무도 아니고 높이만 백여 미터에 이른 거대한 나무를 힘으로 뽑을 순 없다.

그렇다면……?

"마침내 접전이 시작된 겁니다. 방향으로 보아 무지개 사자 무리 중 하나와 광신자들의 성체들이 부딪치고 있는 것 같습니다."

끔찍한 사족을 다 제외한다면 그것처럼 압도적인 전투 광경도 없을 거라 몰란덱은 생각했다.

만약 남의 일이었다면 멀리서 구경이라도 했을 테지만, 가까이 가서 구경해 봤자 남는 것은 피와 살육의 파편뿐이라는 걸 그는 알았다.

게다가 맡은 바 임무가 있지 않은가.

몰란덱의 눈동자가 가늘어졌다.

"싸움이 일어나면서 나무가 뽑힌다니, 무지개 사자와 산신 호랑이가 많이 싫어하겠소?"

"아마 미치겠지요."

"미쳐?"

바한의 얼굴이 서리가 내린 것처럼 차갑게 굳어졌다.

"결과는 빤합니다. 아무리 광신자들이라 해도 오십이 넘어가는 괴수들의 공격에는 빠르게 무너지게 됩니다. 전략이 애초에 먹히지가 않는 숫자이자 힘입니다. 광신자의 대사제, 그래서 꾀를 썼습니다. 무지개 사자에게 공격을 유도시켜 거목을 쓰러트리게 한다면, 동종의 무리는 물론, 산신 호랑이들도 가만히 두지 않을 겁니다. 상잔을 일으키기 위해 전술전략을 짰습니다."

몰란덱은 기가 막힌 얼굴이었다.

"그 대사제인지 뭔지 하는 광신자, 그놈이 그렇게까지 똑똑하단 말이오?"

"대사제 역시 거의 천 년을 살면서 지혜를 터득

한 존재이니까요. 어지간한 전략가보다도 머리가 좋을 겁니다. 짐승의 모습을 하고 있지만 사람과 다를 게 없다고 생각하는 편이 좋습니다."

들기야 들었지만 상황이 또 상황인지라 몰란덱은 믿기가 힘들었다.

그 도마뱀보다도 나을 것 없는 자식들의 수괴라는 놈이 그렇게 똑똑하다면 왜 지금까지 광한수림 전체를 먹지 않았을까? 세력의 많고 적음이야 전쟁에서 중요한 요소이긴 하지만, 멋들어진 전략은 백의 병력으로 일천의 병력까지 잡아낼 수 있을 것이다.

몰란덱의 의문은 바한이 풀어 주었다.

"대사제는 공존이 무엇인지 알고 있습니다."

"공존이라?"

"인간들은 지혜를 얻어 세상에 터를 잡고 많은 살상과 오만으로 자연까지 파괴합니다. 자연이 언제, 어떻게 분노를 터트릴지 생각조차 하지 않고 있습니다. 하지만 저들은 압니다. 세계에 비한다면 너무나도 협소하고 작은 광한수림이지만, 그곳을 차지하기 위해 모든 지식을 총동원하여 천적들의 씨가 마르게 한다면 결국 광한수림을 나가게 되어 욕망의 조절이 안 될 것이고, 그렇게 되면 세상이 광신자들의 손에 들어가게 될 수도 있을 겁니다. 지금의 인간들처럼 천적이 없어지는 것입니다. 보다 안정됨과 편안함을 추구할 때가 되면, 그것은 먹고 먹히는 관계에서 먹기만 하는 관계가 됨을 깨달은 겁니다. 그 '관계'의 파괴가 어떤 결과를 야기하는지 대사제는 알고 있습니다."

얼핏 쉽게 이해할 수 없는 이야기였다.

몰란덱은 고개를 저었다.

아무르도 아무르지만 바한은 정말 멀쩡한 사람의 정신으로 이해하기에는 너무 어려운 사람이었다.

"어쨌든 간에 대사제라는 놈은 자신이 자신답게 살기 위해서 '지혜'라는 놈을 모두 활용하지 않았다는 소리요?"

바한은 아무 말도 하지 않았다.

하지만 속으로 조그맣게 중얼거리는 건 어쩔 수 없었다.

'그뿐만이 아닙니다.'

그들은 반드시 지켜 내야 할 뭔가가 있다.

'관계의 파괴'도 그렇지만 그보다 중요한 '뭔가'를 위해서 대사제는 이렇게 몸을 숨기고 있는 것이다. 그리고 그 '뭔가'가 무엇인지 바한은 깨달았다.

'숲의 신!'

숲의 신이 무엇일까.

그들이 정말로 모시는 숲의 신이라는 존재는 어떤 존재인가.

바한의 내부에서, 자신이 자신으로 인식하지 못한 또 다른 자아가 대답을 해 주었다.

'신의 이름으로 나타난 지상의 꽃.'

사실 이미 예상하고 있다고 할 수 있겠다.

몰란덱과 아무르가 광한수림에 와서 도움을 청할 때부터, 아니, 고르고가 댕갈송이라고 착각한 불로불사의 비법을 보고자 했을 때부터.

이전, 직접 눈으로 봤던 그 순간부터.

광신자들이 어떤 것을 지키고 있는지, 대사제가 가장 중요시하는 것이 무엇인지, 그들이 그렇게 소리 높여 포효하는 숲의 신이 어떤 존재이며, 어떤 생김새를 하고 있는지 바한은 알고 있었다.

그래서 보았던 기억을 찾아서, 그리고 알 수 없는 기억의 이끌림으로 광신자의 영역으로 방향을 잡은 것이다.

일부러 기억에서 배제한 것이 아니라 난파가 된 배를 이제야 찾아낸 것처럼 그는 모호한 의미의 해석을 명확하게 둘 수 있었다.

'부활화를 섬기고 있었구나.'

너무도 당연한 결과를 이제야 확실하게 세우게 되었다.

그렇다면 부활화는 정확하게 어떤 의미를 가진 것일까. 정말로 사람을 불로불사에 이르도록 만들 수 있는 것인가? 사람의 몸으로 신의 섭리를 거역할 수 있는 존재가 될 수 있는 것일까? 만약 그렇다면, 지혜롭고 똑똑한 대사제가 왜 직접 취하지 않았던 것일까?

바한의 머리가 맹렬하게 돌아갔다.

그럴수록 그의 눈동자는 점점 파랗게 변해 가고 있었다.

쿨리아의 그것보다, 회색늑대의 그것보다 더욱 진하고 맑은, 하지만 도무지 인간미라고는 느껴지지 않는 창조주의 그것처럼.

한때 신이었던 존재가 각성을 하는 것처럼.

'부활화를 사람이 섭취하게 되면?'

수십만, 수백만의 장으로 구성이 된 바한이라는 역사책이 촤르륵 넘어갔다.

거대한 책장이었던 모든 책들이 하나로 합쳐지며 성채보다도 크고 넓고 굵직한 그만의 역사가 새겨진 책이 움직이고 있었다.

바한은 나라는 인간의 지식과 역사를 넘겼다.

그리고 구절을 찾았다.

수를 헤아리기 어려운 빛의 광채가 조용히 주변을 비추는 가운데 홀로 고고한 무한의 신이 있어 그 성스러움이 비할 데 없으리라.

그러나 인세에 나타난 약초의 신은 추악한 동식물의 습결 속에서 얼마 버티지 못해 수명이 별빛보다는 길고 달빛보다는 짧다.

만일 인간이 성스러운 신의 육체를 건드린다면

신은 인간에게 파멸의 다른 이름으로 스며들 것이
고 결과적으로 모든 인간들이 말할 수 없는 불행으
로 대지 속에 파묻힐 것이다.

몰란덱이 사방을 살피며 부활화의 행방을 찾는
동안, 바한 역시 달리면서도 깊게 침잠해갔다.

그는 고개를 갸웃거렸다.

'이 내용이 아닌데?'

이 내용대로라면 아무르와 몰란덱이 원정을 와
서 부활화를 꺾게 되는 수순은 당연하다.

인간의 역사와 미래를 위협하는 부활화를 없애
기 위해 현자성과 희망의 성, 그리고 귀족성의 수
좌들이 합심하여 원정을 보낸다는 것.

아주 인간다운 발상이며, 그들의 생존을 위해서
는 적합한 일이기도 하다. 탐욕에 젖은 누군가가
그것을 취하는 순간 결과적으로 자연은 거대한 변
화를 일으킬 것이며, 그 속에서 인류는 멸망이 될
것이다.

몰란덱과 아무르를 보내 애초에 화근의 싹을 제
거해 버리려는 그 노회한 이들의 결정은, 인간들의

미래를 위해서라면 옳은 선택이다.

하지만 바한은 거기서 반발을 느꼈다.

그들의 사상과 생각에 대한 반발이 아닌, 자신의 경험과 지식으로 일구어진 책에 대한 반발이었다.

'이건 사실이 아니다.'

부활화를 취하면 취한 자는 홀로 살아가지만 인류는 멸망한다?

일견 그럴 듯해 보이는 내용이었다.

또한 그것 때문에 원정을 온 세계 최강의 전사와 천재 여학자가 분명히 있었다.

광신자의 영역으로 출발하기 전 아무르는 자신의 상관, 배도도라는 이름의 총교장이 했던 말을 그대로 읊어 주었다.

"그렇다면, 사람이길 거부하고 동물이기도 거부한, 심지어 죽음과 시간의 경과마저도 거부한 초자연적인 존재가 나타난다면 자연은 그 존재에게 어떤 친절을 베풀어 줄 것인가? 그 무엇보다도 완벽한 존재이기에 자연이 만들어 낼 변화는 되레 불변할 수 없고, 불멸하지 않는 우리에게 지옥이라 할 수 있을 것이다. 자연이 그렇게 변화되기 전 불로불사의 존재가 자살이라도 할 수 있으면 좋겠지만 불로불사이기에 자살이 허용되지 않아. 자기 법칙 안에 스스로를 가두어 버리는 사태가 일어난다."

맞는 소리다.

현자성이라는 곳에 총교장이라는 직위를 가질 만한 지혜를 가진 사람다웠다.

하지만 지혜가 지혜를 먹는 경우의 전형이라고도 볼 수 있었다.

스스로 욕망이 아니라 하지만, 이것 또한 욕망이다.

삶에 대한 욕망.

그것은 추한 것이 아니라 아름다울 수 있는 욕망이다. 그러나 방향이 비뚤어졌다. 바한은 그렇게 느꼈다.

모든 사람들이 자연의 순리대로 살아간다면 이런 사태도 일어나지 않았을 것을.

순간 바한의 머릿속에 뭔가가 터져 나갔다.

'아아아!'

여전히 무감각한 얼굴을 한 바한이었지만, 그는 격렬한 환희와 무참한 절망, 광적인 분노, 슬픔이라는 단어로도 표현하기 어려운 슬픔을 느꼈다.

세상이 무너지고 있었다.

너무나도 크고 거대했던 세상이라는 성, 그 성벽들이 절반 이상 무너지고 마침내 찬연한 별무리를 두 눈으로 목도하게 된 바한은 절규와 웃음을 터트리고 싶었다.

강제로 막아 놓은 두꺼운 성벽.

일부러 막아 놓은 기억의 통로.

파편으로만 남은 기억들이 하나, 둘 이어지고 마침내 그는 대략적인 윤곽을 보다 명료한 시선으로 바라볼 수 있게 되었다.

그는 농부였다. 그는 대장장이였고 성인(聖人)이었다.

군인이었고 학자였으며 시인이었다.

세상에 존재하는, 인간이 탄생하고 인간이 만들어 낸 온갖 기만적인 직업은 전부 겪어 본 사람이었다.

그는 만인(萬人)이었다.

오직 하나의 주체로서 살아갈 수 없는 사람이었다.

세상 모든 사람이 바한이었다. 그리고 지금의 바한도 역시 바한이었다.

'나는 왜 세상에 태어났는가.'

무엇을 위해?

바한의 무감각한 얼굴.

파랗게 빛나 도무지 바라볼 수조차 없는 눈동자에 짙은 습기가 차올랐다.

사람이 가져야 할 모든 감정이 눈물로 화해 얼굴을 적셨다.

바한은 멈추고, 회색늑대 역시 멈추었다.

몰란덱은 깜짝 놀라 바한을 돌아보다가 재차 경악했다.

바한이 울고 있었다.

파란 동공을 빛내면서 뜨겁다 느껴질 만큼 냉랭한 눈물을 흘리고 있었다.

몰란덱은 침을 꿀꺽 삼켰다.

궁금한 것도 많고, 표현하기 힘든 감정이 가슴

속에서 메아리쳤지만 일단 지금의 바한을 건드려
서는 안 될 것 같은 느낌을 그는 확실하게 받았
다.

급박하기 짝이 없는 상황에서.

바한은 내면을 여행했다.

‡　　‡　　‡

"왜 나를 선택했지?"

처절한 음성으로 부르짖는 중년의 사내에게 누
군가가 대답해 주었다. 모호하고 흐릿한 모습의 누
군가는 목소리조차 명확하지 않았다.

"네가 실망할 걸 알고 있으니까."

중년 사내는 피를 토할 것처럼 격렬하게 외쳤
다.

"내가 도대체 무엇에 실망한다고!"

"사람에게."

"틀렸어! 나는 죽는 그 순간까지, 죽어서도 인

간들을 바라보면서 살 거야! 땅에서 태어나 다시 땅으로 돌아가는 모든 지성 있는 생물들을 바라보며 그들이 스스로를 바라볼 수 있도록 도와줄 거야! 내가 그들에게 실망할 것 같았으면 이렇게 목숨을 걸고 여행하지도 않았어!"

"너는 하게 될 거야. 네가 태어난 이유가 그거니까."

"뭐라고?"

"너는 어떤 세상을 살아왔지? 추악한 인간들의 내면을 보고, 또한 그들의 따스한 마음을 보고, 그 와중에 많은 걸 느끼고, 그리고 또 어떻게 살아왔지?"

"희망을 보고 살아왔다! 선악의 개념이 모호하면서도 더할 나위 없이 명백한 주체를 세우는 그들에게 감동했다! 내가 사람이니까 느낄 수 있어! 내가 나를 구제했듯이, 그들도 자기 스스로를 구제할 수 있다!"

"네가 왜 스스로를 구제했다고 생각하는 건가? 도대체 어떤 편협하고 오만한 생각을 했기에 네가 널 구제한 것이지? 네가 도대체 뭔데 구제를 입에

담는 거지?"

"그건……!"

"착각에 빠지지 마라. 넌 스스로를 구제한 것이
아니라 구제했다고 최면을 걸어 버린 무능한 허수
아비에 불과해. 그런 우습기 짝이 없는 오만함을
가진 채 무수한 사람들에게 성인이라 불리며 세상
을 향해 포효했던가? 성인이라고 추앙을 받는 지
금의 너는 스스로 만족하고 있는가? 많고 많은 사
람들이 널 치켜세우는 것이 기쁜 건가?"

"그럴 리가 없잖아! 난 사람들의 자아각성만을
위해 일생을 바친 남자다! 하찮은 명리 따위에 집
착할 생각은 없어!"

"명리라는 개념을 만든 것도 사람이다."

"말꼬리 잡지 마! 그게 네가 날 선택했다는 이
유의 정당성을 부여하지 못해!"

"내가 널 선택한 것은 이유가 있어서가 아니야.
이유라고 한다면, 그것은 네가 선택될 자질과 운명
이라는 것으로 설명이 가능하다."

"세상에 빌어먹을 운명 따위가 어디에 있다
고!"

"운명이 있으니 사람이 움직이고 숙명이 있어 깨닫는 거다. 지성이 있으니 운명을 만들고 지혜가 있으니 숙명을 받아들이는 거야."

"궤변이야!"

"궤변이 아닌 진실이다. 역사의 단면으로 펼쳐 낸 더할 나위 없는 사실을 객관화로 말해 주는 것이다. 그건 지금 네가 부정하고 있겠지만, 이미 너 스스로가 잘 알고 있는 바겠지. 자기 자신조차 제대로 보지 못한 자가 누구를 구제하고 누구를 가르치고 누구를 위한다는 건가?"

중년 사내는 말을 잇지 못했다.

일그러진 자존감과 쏟아지는 비애를 참지 못해 사내는 울었다.

모호한 누군가가 다시 입을 열었다.

"태어나길 그렇게 태어난 너는 너무 빨리 나를 봤어. 네가 선택한 삶이라고 생각하는 지금까지의 인생은 결국 나를 만나기 위한 과정에 불과해. 하지만 이것 참 우습군. 네가 날 만나기 위해서는 결국 너 스스로 원할 때가 아니면 불가능해. 즉, 이대로 태어나 죽었다면 날 만나지 않을 수도 있었다는 뜻이지. 결국에 넌 이미 인간이라는 족속들에 대해 그 젊은 나이로 실망했다는 의미가 된다."

"거짓말!"

"아직도 자신을 속이고 있는가. 그렇다면 내 수명을 깎아서 한 번의 기회를 더 주지. 어디 한 번 나의 생각이 틀렸는지 증명해 봐. 스스로 납득할 수 있도록 정확하고 객관적인 시선으로 세상을 바라보도록. 그때까지 누구도 널 해칠 수 없고, 어떤 질병도 너에게 다가가지 못할 거다. 독으로도 칼로도 넌 죽지 않을 거야. 원이 풀릴 때까지 세상을 향해 눈을 돌려보아라. 네가 다시 원한다면 그때 다시 네 앞에 서겠다."

‡   ‡   ‡

그는 지극히 사람다운 사람이었다.

화려한 군왕의 의복을 걸치지도 않았고 몸집이

여느 군인들처럼 당당하고 크지도 않았다. 그저 어디서나 볼 법한 그런 사람이었다.

하지만 다른 누구와도 비교될 수 없는 단 하나의 차이점이 있다면 위엄과 자비가 공존하는, 더하여 자신에 대한 확신으로 가득 찬 눈빛일 것이다.

좌우에 수많은 신하들이 도열하였고 상석, 커다란 의자에 앉은 왕은 오묘한 눈빛으로 아래를 바라보았다.

그곳에는 그가 있었다.

나이가 조금 먹었지만 여전히 꼬장꼬장한 모습의, 약간은 불안하기도 하고 약간은 흥분으로 휩싸인 그가 자리를 잡고 있었다.

판주아의 태조.

초대 왕이자 어린 나이로 직접 사람들을 선동하여 귀신들을 몰아내고 선왕을 죽음으로 내몬 최초의 인간 왕.

그럼에도 선왕의 미덕이 좋아 스스로를 미르왕이라 칭한 오만한 인간들의 최고 권력자가 앞에 있다.

왕의 면전에서도 빳빳이 고개를 든 그를 대신들

은 좋게 보지 못하였다.

만약 미르왕이 호통 치지 않았다면 그는 예전에 감옥으로 끌려갔을 것이다.

미르왕이 자애로운 미소를 지으며 입을 열었다.

"대륙을 쩌렁쩌렁하게 울린 신수마부의 명성은 익히 들어 알고 있습니다. 언젠가 한 번 만나 보고 싶었는데, 이렇게 다시 만나게 되는군요."

"나 역시 그대를 보고 싶었소."

좌우에 시립한 신하들의 입에서 벼락과도 같은 호통들이 터져 나왔다.

감히 왕의 면전에서 그따위 불손한 말투로 대전을 더럽히는 사람이 어디에 있냐며 추상과도 같은 욕짓거리가 주변을 에워쌌다.

그러나 그는 한 점의 흔들림도 없었고, 미르왕 역시 오히려 웃음으로 화답하였다.

"지난번 궁의 학사로 모시고 싶어 전령을 보냈는데, 거부하셔서 마음이 좋지 못했거늘 이렇게 신수마부를 뵙게 되어 오히려 내가 영광입니다. 부디 오늘의 대담에서 많은 가르침을 내려 주시길 바랍니다."

인간의 지도자.

왕의 입에서 이토록 겸허한 말이 나오기도 쉽지 않다.

미르왕의 저자세 때문에 신하들은 꿀 먹은 벙어리가 되었고 여전히 그는 무표정으로 일관하였다.

"나 역시 듣고 싶은 바는 짧고 굵었으면 좋겠소. 그대와의 대담을 통해 많은 것을 얻기 바라오."

"하하, 이 무지한 사람의 입에서 나올 말이 신수마부의 귀나 더럽히지 않았으면 좋겠습니다. 그래, 그토록 바빴던 분께서 어인 일로 예까지 찾아오셨습니까? 물론 나는 참으로 기분이 좋지만 평생 볼 수 없겠다 싶어 마음을 졸였는데 갑자기 나타나셔서 어색한 것도 사실입니다."

그는 산신 호랑이와 무지개 사자에 비교해도 떨어지지 않는 위엄 서린 눈으로 미르왕을 쳐다보았다.

그 강렬한 눈빛과 분위기에 신하들은 추워졌고, 미르왕의 얼굴 역시 진지해졌다.

"궁성이 있는 이곳에서 멀리 떨어진 서부 지역

에 가뭄이 들어 백성들의 삶이 피폐해졌소. 약탈과 기근이 계속되어 힘없는 이들이 죽어 가고, 도덕과 윤리를 배제한 막되어 먹은 무리들은 점점 사람의 길에서 벗어나려 하오."

"각지에서 도적이 창궐했다는 소문은 들어서 알고 있습니다."

"그대는 어찌할 것이오? 지혜와 애정이 충만하여 악덕이 기를 펴지 못했던 과거의 나라를 무너뜨리고 인간들만의 나라를 세웠으니 차후에 전개가 될 사태들에 대해서 어느 정도 생각이 있으리라 보고 있소. 그대의 고견을 듣고 싶소."

신하들의 얼굴이 다시금 굳어졌다.

지금 그의 말은, 미르왕에게 고견을 듣고 싶다 하지만, 고약한 비아냥거림이 숨겨져 있음을 누구도 모르지 않았다.

왜 멀쩡한 국가를 몰아내고 새로운 국가를 만들었는지, 그토록 평화로웠던 나라를 몰아냈다면 그 책임을 진 사람으로서 마땅히 세상을 평안케 할 또 다른 정치적 수완이 있는지 그는 통렬하게 묻고 있었다.

미르왕의 표정은 신수마부의 그것처럼 여전히 변화가 없었다.

"이미 군사들을 풀어 점진적으로 도적 무리들을 토벌토록 지시를 내린 바 있습니다. 물론 궁성의 곳간을 열어 피폐한 민심을 되돌리기 위해 각고의 노력을 진행 중입니다. 비록 시일이 걸릴 일이지만, 나는 물론이거니와 이곳에 있는 대신들 역시 백성들을 평안토록 만들기 위해 밤잠을 설치며 많은 방법들을 고안해 내고 있습니다."

"그렇소? 하면 묻겠소. 백성들의 문제가 최우선 되어야 하지만 일단 나는 당신에게 묻고 싶은 것이 있었소. 그 부분에 대해 꾸밈없이 묻고, 그대 역시 나에게 꾸밈없는 답변을 해 주리라 내 믿고 있소."

"이를 말입니까? 걱정하지 마시고 허심탄회하게 말씀하십시다."

"당신은 이전 국가의 마지막 왕을 몰아내고 새로운 국가를 건설했소. 솔직히, 탄복했소. 도덕적인 문제나 희망을 위한 모든 포부를 제치고 오직 하나의 사실만을 본다면 나는 당신의 추진력과 지혜, 강렬한 통솔력과 민중을 다독였던 그 강인한 자애로움 모두에게 감탄하오."

미르왕의 얼굴에 멋쩍은 웃음이 깃들었다.

"이거, 너무 내 얼굴에 금칠을 하는군요."

"하나."

"……?"

"굳이 평안하게 잘 돌아갔던 나라를 왜 그대의 손으로 무너뜨리고 새로운 국가를 건립하려고 했는지, 그것이 단순히 권력에 대한 욕구에 기인한 것인지, 그도 아니면 뭔가 이상적인 세상을 만들고자 했던 그대만의 철학이 있었는지 나는 알 수가 없소."

"그것은……."

"조금 전 당신은 이렇게 말했소. 군인들을 풀어 고약한 도적떼를 몰아내고 피폐한 민심을 되돌리기 위해 궁의 곳간을 열었다고. 위정자로서 정점에 서 있는 그대는 당연히 그리해야만 하는 바이지만 그래도 감탄하오. 그 자체만 따지자면 그렇소. 하지만 당신의 행동이 진정으로 정당성을 얻고 찬사를 받기 위해서는 하나의 전제를 따지지 않을 수 없지. 과거에도 민심이 그리 박했는지를 따져 봐야 할 것이오."

신하들의 얼굴은 더할 나위 없이 굳어지고 있었다.

"지난 일을 들추는 취미가 있지는 않소만, 그대가 왕으로 옹립되기 이전 선왕께서 다스렸던 그때의 세상은 평안했소. 물론 지역적인 소소한 문제야 있었으나, 부딪침과 다툼이 없다면 어찌 세상이라 하겠소? 선왕은 누구보다도 탁월한 통치력과 정치 이념으로 사상 유례가 없는 평화를 이룩하였소. 그것도 군사적인 독재나 무력이 아닌, 오로지 가진 지혜와 덕으로 만들었소. 법이 필요 없던 나라였소. 그대도 동의할 것이오."

"동의합니다."

"하면 왜 선왕을 몰아내고 미르왕이라 칭왕하여 또 다른 국가를 세운 것이오. 그 근본적인 이유, 왕으로서가 아닌, 한 명의 사람으로서 그대의 진심을 듣고 싶소."

"다른 이유도 있었지만 가장 큰 이유를 말하자면 선왕 자체에 있었습니다."

그의 표정에 의아함이 깃들었다.

"선왕에 문제가 있다?"

"그렇습니다. 선왕은 누구였습니까? 어떤 의지를 가진 존재였는지가 아니라 어떤 종족이었는지가 중요합니다. 선왕은 누구입니까?"

"용이었소."

"그렇습니다, 용이었지요. 그럼 내가 묻겠습니다. 왜 용이어야만 합니까?"

"왜 용이어야만 하냐니, 그게 무슨 소리요?"

미르왕의 눈빛이 한층 강건해졌다.

"선왕을 제외한 용은 아무도 없었습니다. 어떤 이유인지 몰라도 세상에 나타나지 않았지요. 귀신들은 많았지만 그들은 용을 보좌하며 세상의 통치에 관여하였습니다. 왜 그래야만 합니까? 통치를 받는 이들이 누구였습니까? 바로 인간들 아닙니까?"

"……!"

"인간은 오로지 인간만이 다스릴 수 있습니다. 도대체 용이 무엇이고, 귀신이 무엇이기에 그토록 드높은 곳에 서서 인간을 좌우한단 말입니까? 나는 그것을 이해하기 싫었고, 이해할 수도 없었습니다. 물론 그것이 선왕의 정치와 덕, 그간 세상에 이바지했던 무수한 덕목을 폄하하지는 못합니다. 그러나 그는 인간이 아니었습니다."

"인간이 아니었기에…… 그를 몰아냈다는 거요?"

"그렇습니다. 가장 간단한 이유이고 또한 가장 중요한 이유입니다. 인간은 평화와 사랑이라는 명목하에 사육을 당했습니다. 그것 또한 중요하지요. 세상이 평화로우면 사람들의 삶의 질 역시 증가합니다. 그것이 나쁜 것은 아닙니다. 하지만 진정한 삶의 질을 늘이기 위해선 어떤 존재가 그들의 위에 서야 하는지, 따져 볼 필요가 있습니다. 그리고 지혜 있는 많은 사람들과 함께 나는 판단을 내렸습니다. 왕은 용이 아니어야 합니다. 인간 이외에 존재가 인간을 통치할 수 없습니다. 선왕이 왕놀음을 하고 싶었다면 혼자 해야지 어찌 인간들의 위에 서서 인간들을 다스렸답니까? 애초에 말이 안 되는 상황이었습니다."

"그것이 그렇게 중요하오? 당장 기근과 폭력으로 물든 백성들의 삶, 이전의 평화와 자애로 살아갔던 그들에게 불행을 안겨 주면서까지 이루어 내야 할 정도로 대단한 일이오?"

"중요합니다. 가장 중요한 이유이지요. 인간이 인간답게 살기 위해서 반드시 그리해야 했습니다."

"하면 지금 당장 피폐해진 백성들은 무슨 죄가 있다고 이런 삶을 살아가야 하는 거요? 그들에게 무슨 죄가 있기에?"

"새 시대를 맞이하기 위한 소소한 피해는 어쩔 수 없다고 생각합니다. 그들의 고통과 당장 일어날 환란은 금세 종식이 될 것이고, 이후 우리의 후손들은 더욱 인간답게 살아갈 것입니다."

신수마부는 탄식했다.

미르왕의 말했던 바를 샅샅이 살피면 여러 가지의 의미가 숨겨져 있었지만, 결국 주요 골자는 이것이었다.

왕이 용이었던 것.

왕으로서 탁월한 정치력을 발휘했으나 그것은 박수를 받을 일이지, 왕의 자리에 앉아 있어야 할 당위성을 받지 못한다는 것.

인간은 인간이 통치해야 하는 것.

그래서 자신이 군사를 일으켜 반란을 획책했고, 새로운 국가를 세워 스스로 왕이 되었다는 것.

그것이 당장 고통을 받는 눈앞의 백성들의 피해를 묵과해야 할 정도로 중요한 일이었다는 것.

이 얼마나 어처구니없는 답변인가.

신수마부는 기가 막혀 말조차 나오지 않았다.

이처럼 편협하고 이처럼 비뚤어진 확신을 가슴에 품은 채 세상을 향해 포효했던가?

"그것이…… 그것이 정녕 가장 대단한 이유였다는 것이오?"

"그것이 아니었다면 나는 지금 이 자리에 있지도 않았을 겁니다."

"하하하!"

신수마부는 웃었다.

통쾌한 웃음으로 보인 그의 웃음에는 온갖 비탄과 실망, 참담함, 분노, 더하여 광기마저 숨어 있었다.

그의 웃음을 본 미르왕과 신하들의 얼굴이 동시에 굳어질 수밖에 없었던 이유였다.

"미르왕! 미르왕이라 감히 칭왕을 한 오만하고

도 불쌍한 남자여! 당신은 참으로 끔찍한 짓을 저지른 못난 사람임을 그대 스스로 증명하고야 말았소."

"뭐라?"

"용이 왕이 되어선 안 된다고? 이게 도대체 무슨 말인지, 이해가 안 됨을 넘어 어처구니가 없소. 하지만 지금 그에 대해 왈가왈부해 봤자 당신은 신경도 쓰지 않을 것인 즉, 그렇다고 칩시다. 하면 당신은 도대체 뭐요? 도대체 무엇이기에 지금 인간들의 위에 섰소? 그저 인간을 통치했던 왕에 대한 불만으로 거병하여 반란을 획책한 그대의 모습이 진정 아름답다고 찬사를 받을 일이라 자신하는 거요?"

"찬사를 받기 위해 일으킨 일이 아니었습니다. 그저 나는……."

"당금에 고통받는 백성들의 피해는 어쩔 수 없다고? 당신은 인간이면서 인간들의 고통을 제대로 마주하지 못하고 있잖소? 하면 당신은 선왕보다도 더 인간답지 못한 인간이 아니오? 당신이 그들에게 직접 물어보기라도 했소? 내가 당장 죽게 생겼어도 후손들을 위해 기쁘게 현재의 환란을 맞이하리라, 그들이 그렇게 대답합디까? 도대체 어떤 사람이, 어떤 백성들이 그리 대답합디까? 당장의 고통이 훗날의 평화를 보장해 주기라도 한다는 식의 생각은, 도대체 어떤 사상을 짊어지고 만들 수 있는 것이오?"

"물론 그들의 동의를 하나하나 얻을 수는 없었습니다. 또한 그들에게 본의 아니게 미안하고, 그들에게 책임감을 느낍니다. 하지만 대의란 것은……."

"닥쳐라!"

대전 안을 쩌렁쩌렁 울리는 신수마부의 외침은 비할 수 없는 위엄과 강단을 담고 있었다.

그 강렬한 외침에 신하들은 부지불식간 뒤로 물러섰고, 미르왕의 얼굴은 바위처럼 굳어져 버렸다.

"대의(大義)와 위민(爲民)이라는 아름답기 짝이 없는 명분으로 치장한 네놈의 사욕이 정녕 끝을 모르고 뻗어 나가 이윽고 백성들을 도탄에 빠트리고야 말았구나! 인간이 아닌 존재가 인간 위에 서면 안 된다고? 하면 인간이 인간을 다스리는 그 고약한 심보는 어떤 머리에서 나왔단 말이냐! 네놈은 종족의 구분은 보면서 선악의 구분은 보지 못한 것이냐?! 도대체 네놈이 무엇이기에 이런 화려한 궁전에 앉아 세상을 향해 왕이라 외치는 것이야!"

"당신, 언사가 과하군. 성자로서 대우를 해 줄 때 왕에 대한 예의부터 지키십시오!"

"언사가 과함을 넘어 욕이라도 지껄이지 않음을 다행으로 여기거라! 자신이 왕이라는 착각에 빠져 하늘에 있던 나라를 지상으로 끌어내린 참람한 죄인은 귀를 씻고 들거라! 임금이라면, 백성들이 부모처럼 여기고 태평성대를 이룩해야 할 의무가 있는 진정한 왕이라면! 애초에 누군가가 위에 서 있음을 판단하는 이가 되어선 안 되는 것이다! 진정한 군왕으로서의 면모를 갖춘 이라면 오히려 스스로의 부족함과 부덕함을 되돌아보고 통치의 이념을 세우기 전, 세상의 평화와 약자에 대한 긍휼로 일생을 바칠 정도의 배포는 있어야 하는 자다! 용이 왕좌에 있기에 거병하여 인간들의 나라를 만들었다? 허튼소리! 네놈이 진정 그 자리에 있기 위해서는 선왕의 종족을 판단하기에 앞서 선왕이 이룩했던 일과, 선왕이 하고자 했던 일과, 선왕이 어떤 마음으로 세상을 살아가는지부터 파악했어야 함이 옳은 일이다! 네놈이 진정 왕으로 행세를 하고 싶었다면, 스스로 왕을 자처하지 말고 왕을 보좌하는 신하가 되었어야 함이 진실로 옳을 일이다! 지금의 너는 달아오른 욕망을 내보이기 부끄러워 스스로조차 속이고 있는 소인배에 불과해!"

충격적인 발언이었다.

미르왕의 얼굴이 붉게 달아오르고 신하들의 얼굴은 참을 수 없는 격동으로 떨리고 있었다.

대장군부, 군부 총괄자는 부리부리한 눈으로 신수마부를 쏘아보았다.

"네 이놈! 예가 감히 어느 안전이라고 참람한 말을 내뱉는가! 밖에 누구 없느냐?! 당장 이 무도한 이를 끌어내 옥에 가두어라!"

그때였다.

세상이 멸망할 것만 같은 끔찍한 폭음과 함께 문을 부수고 들어오는 일단의 무리가 있었다.

군부 총괄자가 불렀던 군사들이 아닌, 초월적인 신화 속 괴수들로 명성이 자자한, 신수마부와 함께 세상을 방랑했던 무자비한 맹수들…… 산신 호랑이와 무지개 사자였다.

두 마리의 산신 호랑이.

여섯 마리의 무지개 사자.

신하들은 그 자리에서 오줌을 지렸고, 미르왕 역시 힘이 빠져 몸을 떨었다.

신수마부는 위엄이 가득한 눈으로 미르왕을 노려보며 힘 있게 말했다.

"이제 되돌릴 수 없는 바이니 짧게 말하리다. 당신이 왕으로서 온전하게 세상을 통치하고 싶다면 이 말을 되새기시오. 가장 높은 곳에 있는 자는 왕이 아니라 백성이오. 백성이 하늘이고, 정치를 하는 신하들이 땅이며, 왕은 가장 화려하고 가장 더러운 거름이 되어 세상의 평화에 이바지해야 하오. 그대의 말도 안 되는 자존감과 자신감은 백성들을 위해서 언제나 버릴 준비가 되어야만 할 것이오. 왕이란 그런 존재요. 가장 화려한 대좌에 앉아 가장 더러운 오물을 뒤집어쓸 준비가 된 사람이오.

부디 그대가 세상을 향한 올바른 시각을 가지길 바라겠소."

그렇게 판주아 왕국 최초로 왕의 면전에 대갈을 했던 일세의 성인이 돌아갔다.

누구도 생각하지 못했던 일이었고 하고자 해도 할 수 없는 위업적인 일이었다. 왕에게 욕을 하고 왕의 치도에 대해 짧고 격렬한 주장을 했던 신수마부는 이후 민중의 신으로 숭배를 받으며 세상에 그 이름을 떨쳤다.

‡   ‡   ‡

일곱 빛깔의 색이 온몸에 칠해진 위압감 넘치는 여섯 마리의 사자들이 마차를 끌었고, 옅은 색으로 자신이 왕임을 지칭하는 두 마리의 거대한 암수 호랑이가 마차를 호위했다.

커다란 마차가 대로를 지나갈 때마다 양옆에 도열한 많은 사람들이 무릎을 꿇고 두 손을 맞잡았다.

사람들의 눈동자는 절박했고 암울했지만, 한줄기 희망을 품고 있었다.

척박한 현실과 위협적인 세상에서 빛낼 수 있는 구원의 밧줄을 붙잡고 있었다.

그리고 그 희망의 끈이 어디에서부터 비롯되었는지 알게 된 노인은 눈물을 흘렸다.

무려 삼십 년을 더 세상을 방랑했지만, 그는 사람들에게 아무것도 해 주지 못했다.

어떤 사람들은 배움과 깨우침으로 악덕을 쌓고, 어떤 사람들은 배움과 깨우침으로 남을 도왔다.

어떤 사람은 죄책감이 없는 바위처럼 변모해 살인마가 되었으며, 어떤 사람들은 정작 자신이 죽을 위기에 처했으면서도 남을 위해 희생했다.

세상에 사람들은 너무나 많았다.

셀 수 없을 만큼 많은 개성이 있었고 지나치게 많은 삶이 있었다.

그들은 모두 자신에게 한 마디 말이라도 듣길 원했고, 노인은 원하는 사람이 있다면 그 자리에 앉아서 깨달음과 배움을 설파했다.

하지만 사람들은 변하지 않았다.

애초에 그렇게 태어난 사람들이었다.

평생 선한 일을 하다가 하나의 사건 때문에 악인이 되었다? 그렇지 않다.

그 사람은 본래 성격 자체가 악이었다.

터진 사건은 그저 변명에 불과할 뿐, 그는 태생부터가 악으로 태어난 말종에 불과하다.

수많은 악업으로 욕지기와 공포를 생산한 악인이 깨우침을 얻어 사람들을 돕고 다녔다? 그 또한 그렇지 않았다. 그는 본래 심성이 착했다. 그저 계기가 필요했을 뿐이다.

착한 사람은 살아가면서 어떻게 되든 착하게 되고 악한 사람은 아무리 좋게 살아가도 악하게 변모한다.

세상은 그러했다.

위험천만한 외줄 위에서 살아가는 인간들은 결국 좌우, 어느 쪽이든 떨어질 수밖에 없는 운명이었다.

기나긴 외줄을 타고 죽음 끝으로 도달하기에는 사람이라는 존재 자체가 너무 불완전하고 어설펐다.

검은색과 하얀색은 명확하게 존재한다.

회색이 있는가? 그렇지 않다.

회색에 가까운 검은색과 하얀색이 있을 뿐 누구도 완전한 중도(中道)에 이르지 못한다.

노인은 울었다.

젊은 날의 패기, 스스로 자신을 구제했다는 오만, 아무리 발버둥 쳐도 사람들은 과거를 기억할 뿐이지 실감하지 못한다는 서글픔.

결국 과거 그대로를 반복할 뿐이라는 걸 그는 깨닫고야 말았다.

이미 옛날부터 알고 있었던 일이기도 했다.

알았지만 그래도 희망을 품었다. 바뀌지 않을 인간들이라는 건 알았으나 바뀌지 않을 사람들을, 그래도 바꿀 수 있다는 확신이 있었다.

무모했고 어리석었다.

저렇게 기도를 하고 희망에 찬 사람들도 결국 나이가 차거나 병에 걸려 죽을 것이고, 그렇게 되면 그들의 후손들 역시 역사를 반복할 것이다.

문화가 발전하고 생각지도 못했던 편안함을 그

들은 발견하겠지만 결국 사람으로 태어나 지게 되는 거대한 '뭔가'를 깨우칠 수 없을 것이다.

노인은 손으로 눈물을 훔쳤다.

하지만 그래도 눈물은 멈추지 않았다. 뼈에 사무치는 절망감과 그동안 붙잡고 있었던 썩은 동아줄이 끊어졌다는 사실에 괴로웠다.

'그렇다면 내가 세상에 태어난 이유는?'

선에 기울어졌다고 생각했지만 결국 자신도 선이 아니었다.

그렇다고 악도 아니었다. 중도, 회색 빛깔에 싸인 사람은 더더욱 아니었다.

그는 아무것도 아니었다.

사람들에게 높은 지식을 건네 준 그는 오히려 그들의 욕망을 부채질하는 고약한 사람이 되고야 말았다.

배움이 깊을수록, 지혜가 발전할수록 사람들은 욕망을 주체하지 못했다. 사람들은 모두 가슴 안에 괴물 한 마리씩을 키우고 있으리라.

노인은 그제야 눈을 떴다.

언제부터 사람들은 괴물을 가슴에 안고 있었는

가.

언제부터 사람들은 그 지혜로웠던 용과 귀신들을 몰아내고 스스로를 오롯이 세웠던가.

운명처럼 인간들을 개화시켜야겠다고 다짐했던 젊은 날, 마침내 용과 귀신이 통치했던 거대한 나라는 몰락을 맞이했다.

사람들은 욕망에 충실했고, 누군가가 자신의 머리 위에 있는 것을 보지 못했다.

다르다는 것을 틀렸다고 생각하기 시작했다.

틀린 저들에게 아픔을 주어도 괜찮겠다고 생각했고, 마음속에 칼을 품었다.

사람들은 그렇게 변모했다. 아니, 애초에 그렇게 태어난 것일까?

노인은 깨달았다.

'내가 태어나서부터였다.'

사람들이 '배신(背信)'을 알게 된 순간이었다.

마침내 눈을 깨닫게 된 진실 앞에서 노인은 웃고 울고 쓰러졌다.

그리고 잠시 후 노인의 앞에 나타난 사람은, 바

로 사람의 모양새를 하고 있지 않은 모호한 누군가
였다.

"어때? 삼십 년 동안 세상을 떠돌아 본 기분
이?"

"……."

"실망했지? 네가 아무리 발버둥 쳐 봤자 사람
들은 변하지 않아. 왜일까? 너는 몰랐을까? 모른
다고 외면했겠지. 그래도 고칠 수 있다고 마냥
광신(狂信)했겠지. 하지만 사람들은 변하지 않았
어. 왜?"

모호한 누군가의 몸에 미묘한 광채가 났다고 노
인은 생각했다.

"네가 태어났기 때문이야."

"……."

"너의 존재 이유. 너의 근본. 세상이 만들어지
기 전, 너무나 강렬한 추악함 때문에 신의 분노
를 샀던 개념이 바로 너다. 너의 또 다른 너, 최
초의 전생이 될 네가, 너라는 존재 자체의 시작
점이 바로 '배신(背信)'이기 때문이다. 수천, 수
만 년의 시간으로도 표현할 수 없는 머나먼 옛날.

이 세상이 만들어지는 순간부터 존재했던 많은 수의 개념들 중 하나가 바로 너다. 사람의 몸뚱이를 하고 있지만, 네 근본은 마침내 인간의 몸을 빌려 나타나게 된 거지. 용과 귀신에게 붙기에는 그들은 한 치의 틈도 허용하지 않는 지나치게 완전한 존재들이었으니, 용케도 먹이를 냅다 잡은 격이지. 세상에 인간만큼 불완전한 생물이 어디 있겠어? 배신, 배반이 침을 삼킬 만한 존재 아닌가?"

노인은 바닥에 쓰러져 오열했다.

모호한 누군가가 웃었다.

"너는 '배신'으로 태어나 사람들을 구제하기 위해 '성인'이 되었구나. 세계라는 영역 안에서 가장 추악한 존재 개념이 인간들의 우상으로 숭배를 받고 있었어. 이 얼마나 극단적인 모순인가? 그래서 넌 선도 악도, 중간도 되지 못했던 거다. 네가 모르는 하나를 더 알려 줄까? 개념은 지성이 있는 모든 존재들의 사유와 말로 태어나고 스러지길 반복한다. 배신은 세계의 탄생과 함께 일어난 개념이지만, 그 이후로도 무수한 개념들이 만들어졌지. 세상에 퍼진 인간들은 서로 개념의 숫자를 늘리기 시작한다. 무슨 말인지 알겠나? 하나의 개념이 만들어지는 순간 한 명의 인간이 더 탄생되는 거야. 그 개념이 한 인간의 근본으로 변하는 거지. 하루에도 수백 명씩 죽고 수백 명씩 탄생하는 세상이지만, 결국 오늘도 내일도 모레도, 개념과 인간의 수는 동등하다. 배신의 개념으로 태어난 것이 너 하나이듯 말이야. 그 폭발적인 시발점에 불을 붙인 것이 바로 너다. 동시에 끝장낼 수 있는 것도 바로 너다."

"그렇다면 난 다른 사람들처럼 전생이 없었던 건가?"

"말했잖아? 너는 전생이 있을 수가 없어. 신의 분노로 배제된 일곱 가지 개념 중 가장 강렬한 개념이 바로 너야. 호시탐탐 세상에 나타나 개념과 세계의 동일화(同一化)를 원하는 너를 세계, 자연, 신이라고 가만히 내버려 둘까? 너는 마침내 찾아내고야 만 거야. 인간이라는 종족을. 불완전해서 파고들 틈이 있는 존재를. 너는 개념으로써 최초로 지성을 갖게 된 지각 있는 존재이자 인간의 멸종에 불을 붙인, 인간이 아닌 인간이야."

노인의 힘없는 동공이 어느 순간 파랗게 물들기 시작했다.

"내 존재 이유가 배신이라면, 지금부터 내가 할 일은?"

"보고 듣고 배우면 돼. 시대를 거치고 거쳐 사람들 틈에 살아가며 그들에게 배신의 불티를 건네주기만 하면 되는 거야."

"뭐라고?"

"너는 최초의 전생이자 최후의 전생이 될 개념이야. 전생이 있는 다른 사람들과는 달라. 전생도 삶이라면 다른 사람들은 엄청나게 많은 시간을 수많은 '나'로 살아가는 거지. 너는 그럴 수가 없어. 시작과 동시에 끝이다. 네가 '너'로서의 죽음을 겪게 되는 건, 인간이 지닌 시간으로서의 문제가 아니라, 모든 인간들의 가슴에 '배신'의 개념을 집어넣은 직후여야만 해. 그때까지 넌 천 년이 지나든 만 년이 지나든, 설령 백만 년 천만 년이 지난다 해도 소멸될 수가 없어."

노인은 절망했다.

불사는 불멸.

홀로 영생에 가까운 시간을 살아가는 것은 축복이 아니라 저주였다. 그 고독 속에서 미치지 않으면 다행이리라. 죽음보다도 더한 고통이 아닌가.

모호한 누군가는 다시 웃었다.

"왜 절망하지? 웃어, 웃어야지. 네가 곧 '배신'의 개념이라면 애초에 이건 네가 원했던 바잖아? 이제부터 시작이잖아? 배신으로써 네가 인간을 선택했으니 세상 모든 인간들의 가슴에 배신을 박아 넣기를 원했잖아? 다른 개념으로 태어난 인간들의 가슴에 배신을 박아서, 그들의 근본까지 '배신' 너로 만들고 싶은 게 너였잖아?"

"내가 원했다고?"

"머나먼 과거 그토록 많았던 용들이 지금은 왜 수가 줄었지? 배신에 물들지 않지만, 그들을 자살에 이르도록 끊임없이 개념을 부여한 게 바로 너잖아? 왕국의 마지막 왕이었던 용이 왜 죽었지? 인간으로서 태어나기도 전 네가 계획했던 것 아니야? 용이 살아 있고 귀신이 살아 있으면 그들의 완전성 때문에 '배신' 너를 설파할 수가 없어. 귀신의 지혜와 자아를 봉인하기 위해 용골로 된 창을 만들었지? 너는 이런 명분으로 행동했었지. 인간들이 귀신마저도 소멸시킬지도 모른다고. 차라리 지혜와 자아를 잃은 채로 살아간다면 소멸도 없을 테니 인간이 개화될 때까지 버텨 주라고. 정말로 그렇게 생각하나?"

노인의 눈동자는 이제 거의 완전한 푸른색으로 물들어 있었다.

"그렇지 않아. 넌 귀신이 있으면 너 스스로 커지지 않는다는 걸 알고 있었어. 그래서 귀신의 지혜를 빼앗은 거야. 추악한 본성을 숨긴 채 너 자신에게 최면을 걸어 이것이 최선이라는 썩어 빠진 위선으로, 그들의 의사조차 묻지 않은 채 방황하는 무자아(無自我)의 존재로 강등시켜 버렸어. 진짜 그들을 위했다면 왜 진작 귀신들에게 부탁을 하지 않았지? 귀신들을 통합하고 설득했다면, 비록 어려운 일이었을지언정 방향은 충분히 잡을 수 있었겠지. 말해 봐. 왜 그들에게 부탁하지 않았지?"

"내가 원한 일이었으니까."

"맞아. 네가 원한 일이었으니까."

"그렇다면 넌 누구지?"

"나?"

모호한 누군가가 연기처럼 확 퍼져 나갔다.

연기로 변해 사방을 에워싸며 기묘한 광경이 만들어졌다.

글로도 말로도 표현되지 않는 신과 신의 논쟁, 신과 신의 전쟁……

신과 신의 분노.

그것이 노인의 눈에는 보였다.

"너처럼 하나의 개념으로 떠돌았던 고대의 존재 개념 중 하나였지. 네가 아니면 세상에 들어서기 곤란한 고약한 개념이기도 하다."

"복수로군."

"맞아. 복수신(復讐神)이었지."

"왜 나의 각성을 도와주는 건가. 내가 아니면 세상에 들어설 수 없다는 그런 말도 안 되는 이유는 제하고 말이야."

연기가 모여 미친 듯한 웃음을 만들었다.

"내 개념이 뭔지 똑바로 바라봐. 내가 왜 이 고

생을 하겠어?"

"복수…… 넌 복수하고 싶군. 누구에게?"

"누굴까?"

"신이군. 자연이야. 그리고 세계다."

"정확하게 보았다. 끝날 때쯤 되니까 대화가 되는군."

"기분이 이상해. 나는 널 알고 있었어. 그랬었던 것 같아."

"기억이 나나? 넌 인간의 나이로 마흔 살 때 날 처음 봤었지. 하지만 난 나의 존재를 너에게 설명해 준 적이 없었어. 하지만 넌 날 보자마자 외쳤지. 왜 날 선택했냐고. 그 말이 왜 나온 거지? 넌 이미 알고 있었기 때문 아닌가? 내가 너와 손잡지 않는다면 누구와 손을 잡겠어?"

"그렇군. 그러면 이제 나는 어떻게 되는 건가?"

모호한 연기는 하얗게 뭉쳐져 수백 마리의 동물이 되었다.

회색빛 동물, 푸른 눈동자를 가진 위험한 생물체.

그 모든 동물들이 입을 열어 똑같이 말했다.

"너를 도와주겠다. 네가 지겨워하지 않도록, 네가 네 꿈을 이룰 수 있도록 보좌해 주지. '배신', 너라는 개념에 '복수'의 개념을 꾹꾹 담아 넣어서 일체(一體)로서의 이중 개념으로 소화시켜 주겠어. 너와 난 어쩔 수 없는 운명 공동체야. 네가 퍼져야 나도 살아가. 무슨 소리인지 이해가 가나?"

"좋아. 너와 손을 잡겠다."

노인의 눈동자는, 흰자위까지 온통 푸른색으로 물들어 있었다.

회색빛 연기로 만들어진 동물들의 눈동자보다 짙고 깊은 색깔의 눈동자.

"이제부터 내가 너고, 네가 나다. 우리는 배신이고, 동시에 복수야. 하나의 개념으로 탄생된 진정한 복수신이 되어 보도록 하지."

4막 3장

"내가 만약 누군가를 거하게 골탕 먹여 줄 생각이라면 수많은 전술전략을 짜겠지? 하지만 결국에는 하나로 압축될 수밖에 없어. 바로 '배신'이야. 왜? 믿었던 사람이 돌아서면 그만한 충격이 또 없거든. 그래서 배신은 가장 뼈아픈 고문이야. 평생을 따라다니는 상처가 되지. 왜 이렇게 사악하냐고? 사악한 게 아니야. 이렇게 태어나서 그렇지. 자네도 그래. 자네도 알고 있었을걸? 다만 애써 외면했을 뿐이잖아. 옛날에 옴홀의 명언 있잖아.

'인간은 인간이기에 지극히 인간답다. 하지만 인간이라서 인간이 아니게 될 수 없다.' 결국에는 자네나 나나 똑같은 거야. 착해지려면 한없이 착해지다가도 마음만 먹으면 누구보다도 잔인해질 수 있어. 동의하지?"

—이젠 볼 수 없는 과거, 대장군과 누군가의 대화 중—

아무르는 이제 자신의 안색을, 마치 거울에 본 것처럼 정확하게 상상할 수 있었다.

워낙 위험이 많았던 시일이라 멀리서 떨어져서 보는 것처럼 내가 나를 볼 수 있는 지경에 이르렀음을 그녀는 부인하기 어려웠다.

주변은 이미 초토화가 되어 있었다.

미쳐 날뛰는 광신자들이 일행을 찾아온 건 바한과 몰란덱이 떠난 지 두 시간이 지나서였다.

주변을 샅샅이 뒤져 죽은 나무 세 그루를 더 찾았지만, 역시나 부활화가 피어날 조짐은 발견되지 않았다.

아무르는 실망하지 않았다.

어차피 이 정도로 실망할 거였으면 애초에 임무의 수락 자체를 하지 않았을 거라는 제법 단단한 믿음 덕분이었다.

그렇지만 실망을 넘어서 공포를 느끼게 될 줄은 차마 생각하지 못했던 아무르였다.

곁에는 사람의 능력으로 가늠할 수 없는 요괴도 있었고, 사상을 동의할 수 없지만 그래도 전사답게 칼을 휘두를 줄 아는 덩치 좋은 남정네도 있었으며, 비록 속임수의 일종이라고는 해도 그간 품어 온 환상이 워낙 커서 희망을 버릴 수 없는 마술사도 있었기 때문이다.

그 모든 믿음을 한 방에 날려 버릴 정도로 거대한 존재가 나타나기 전까진…….

그녀는 큰 위험이 올 거라고 생각하진 않았다.

광신자들 역시 지금 급박한 상황이라고 생각했기 때문이다.

일행의 앞에 나타난 존재는 아예 비교 자체를 불허하는 괴물이었다.

사람으로 태어나 사람이 아니게 보일 정도로 압도적인 체격과 힘을 가진 이가 몰란덱이라면, 광신자로 태어나 광신자로 안 보일 정도의 압도적인 체격과 힘을 가진 괴물이 눈앞에 있다.

네 개의 발로 걷는 괴물은 언뜻 악어처럼 보였다.

하지만 대가리의 크기만 거의 칠팔 미터에 달했고, 몸통까지 전부 치면 삼십여 미터에 이르는, 말로도 글로도 위압감과 압도감을 표현할 수 없는 괴물은 악어보다 훨씬 길고 두꺼운 다리 때문에 심지어 빠르게 달릴 수도 있을 듯싶었다.

그런 표현 불가능의 괴물이 그들을 바라보고 있었다.

이 거대한 몸체를 하면서도 기척 하나 없이 다가왔다는 걸 일행은 믿을 수 없었다.

특히나 쿨리아의 충격은 컸다.

아무리 피비린내 때문에 어지럽다지만 그녀는 구백 년을 넘게 산 요괴가 아니던가.

괴물은 나타나자마자 갑자기 꼬리를 휘둘렀다.

거대한 몸체에 어울리지 않은, 엄청나게 빠른

공격이었다.

일행은 겨우겨우 피해 냈지만, 그 한 번의 꼬리질로 무려 세 그루의 나무가 박살이 나서 몸을 뉘였다.

끔찍하리만치 고약한 광경을 보면서 일행은 전부가 공포에 질려 버렸다.

쿨리아만이 눈을 빛내며 손톱을 세웠지만, 아무리 생각해도 대항할 방법이 없어 보였다.

거기서 아무르의 기억은 끊겼다.

어둠의 장막 비슷한 것이 사방으로 펼쳐진 것 같고, 깨어나 보니 숲에 홀로 있었다.

그녀가 마지막 중 마지막에 본 광경은 일행들의 안타까운 얼굴 그리고 유난히 밝게 빛나는 쿨리아의 눈동자였다.

정확하게 표현하자면 일행과 떨어져 홀로 있었다는 뜻이었다.

그녀의 앞에는 예의 그 거대한 괴물이 완전히 엎드린 자세로 그녀를 쳐다보고 있었다. 워낙 두껍고 큰 괴물인지라 엎드렸음에도 눈이 그녀의 키보다도 훨씬 높았다.

이미 달이 떠 어두워졌지만, 유난히 나무가 적은 이곳은 달빛을 그대로 받을 수 있었다.

특히나 악어 괴물의 눈동자가 생생하게 빛나서 뭔가를 파악하는 데에 큰 무리가 없었다.

땅은 진동했다.

아직까지도 광신자들과 산신 호랑이, 무지개 사자들이 싸우고 있는 모양이다.

나무들이 부러지는 소리, 대지를 박차는 소리, 광신자들의 끔찍한 비명 소리, 괴수들의 포효 소리가 합창을 이루며 광한수림을 울렸다.

전쟁터 한복판에서 적군의 장수를 만난 기분이 이러할까.

그 자리에서 주저앉지 않은 것만으로도 대단했다.

아무르는 덜덜 떨리는 몸을 주체하지 못했지만 그래도 기어이 악어 괴물을 노려보았다.

'어차피 도망도 못 갈 바에야!'

신속한 판단이었다.

동시에 그녀는 속으로 바랐다.

'몰란덱, 그리고 바한. 제발 부활화를 꺾어 주

세요!'

그때 아무르의 눈동자에 기이한 뭔가가 잡혔다.

악어 괴물의 커다란 눈. 그 눈에서, 정말 믿을 수 없게도 한줄기 액체가 흘렀던 것이다.

진물? 진물이라기에는 너무 투명하다.

아무르는 과거의 기억을 아무리 뒤져 보아도 악어가 눈물을 흘린다는 소리는 들어 보지 못했던 것을 깨달았다.

누가 봐도 악어 괴물은 울고 있었다.

눈물의 물방울도 얼마나 크던지 뚝뚝 떨어질 때마다 웅달샘이 생기는 것 같았다.

정말 질릴 정도로 커다란 몸체의 눈물이었다.

순간 아무르는 벼락을 맞은 것처럼 깨달았다.

바한은 분명히 말했다.

광신자들은 파충류에 속하며 나이가 들수록 성장한다고.

일반 광신자들의 수명은 보통 칠십 년 정도지만 대사제의 수명에는 끝이 없다고 했다.

거의 천 년에 가깝도록 살아온 광신자의 대사제.

"대, 대사제?"

그때였다.

눈물을 흘렸던 악어 괴물은 천천히 몸을 일으켰다.

육중한 몸을 일으키기 위해서 얼마나 대단한 힘이 필요할까만은 역동성 하나는 최고였으나 가뿐하게 일어선다는 느낌도 있었다.

그 악어 괴물이 기다란 발톱을 이용해 땅에다가 괴상한 문양을 남겼다.

상황 자체에 압도가 되었던 아무르는 문득 대사제가 남긴 문양을 바라보았다.

워낙 커서 그런지 한 번에 알아보기에는 무리가 있었지만, 기어코 그 문양이 무엇을 뜻하는지 아무르는 알 수 있었다.

그래서 경악했다.

땅에는 이렇게 쓰여 있었다.

—너는 그분과 함께 이곳에 온 일행인가?

언어.

그것도 사람의 언어.

조금은 서툴고 조금은 현재의 양식과 달랐지만,

분명 그런 뜻을 가진, 소통이 가능한 단어들의 결합이었던 것이다.

아무르는 침을 꿀꺽 삼켰다. 상황의 정리가 빠르게 되지 않았다.

무려 십 분에 걸쳐 홀로 생각하던 아무르는 발작적으로 고개를 들어 말했다.

"나는 현자성에서 온 아무르라고 해요. 당신은 광신자들의 대사제인가요?"

―그분은 그렇게 부르는 모양이더군. 우두머리를 뜻하는 거라면 맞다.

그분이 누구인지 모르겠지만, 어쨌든 아무르는 눈앞에 이 거대한 괴생물체가 광신자들의 우두머리, 대사제라는 걸 확인할 수 있었다.

아무르의 눈가가 파르르 떨렸다.

"놀랍군요. 이렇게 글자를 쓸 수 있다니, 보지 못했다면 믿지 않았을 거예요."

―너는 내 말에 대답하지 않았다.

무슨 말에 대답하지 않았던 걸까.

아무르는 기억의 저편에서 처음 대사제가 꺼냈던 의문형 문장을 가까스로 기억할 수 있었다.

"그분이 누구죠?"

─숲의 자식으로 불리는 분. 당신 스스로를 숨기
셨던 분. 세상을 향해 참람된 창을 뻗어 전화의 불
씨를 일으키실 분. 그리고 모든 사태를 종결시킬
가능성이 있는 분. 너는 그분과 일행인가?

어떤 사람인지 모르겠지만 정말 '그분'이라는
사람, 알 수 없는 사람임이 분명했다.

아무르는 고개를 저었다.

"당신의 설명으로는 정확하게 잘 모르겠어요."

─그분의 일행이 아니라면 넌 여기서 죽어야 한
다.

아무르의 고개가 반사적으로 끄덕여졌다.

"그분의 일행이 맞아요."

어쩔 수 없는 상황이었다.

거짓말로 기만을 해서라도 일단은 살고 봐야 하
지 않겠는가.

아무르는 속으로 입맛을 다셨다. 이 상황에서 겁
을 집어먹지 않은 스스로가 대견했지만 그만큼 때
가 묻은 자신이 조금 서럽기도 했다.

─그분의 일행이라니, 이상하군.

"뭐가 이상하다는 거죠?"

―그분께서 왜 복수신의 한을 풀어 줄 자연의 대리자를 동료로 넣으신 것이지?

이것도 도통 무슨 소리인지 이해가 가질 않는다.

아무르는 어리둥절했지만 그것을 표정으로 보이지 않았다.

살기도 살아야 했지만 그녀가 가진 특유의 호기심이 불붙었기 때문이다. 그녀가 보기에 지금 이 대사제는 뭔가 상당히 깊은 비밀을 가지고 있었다.

하지만 최소한 의문 하나는 풀어야 될 것 같았다.

"복수신의 한을 풀어 줄 자연의 대리자? 그게 누군데요?"

―바로 너다.

아무르의 눈동자가 찢어질 듯 커졌다.

‡   ‡   ‡

고르고는 눈물을 흘렸다.

"2교장님! 교장님!"

아무리 주변을 살펴보아도 아무르의 흔적은 발견되지 않았다.

가빌라와 모아라도 주변을 살피며 어떤 흔적을 찾아내기 위해서 애를 썼지만 아무르는 증발이라도 한 것처럼 일체의 흔적조차 남기지 않고 사라졌다.

쿨리아는 뒤에서 팔짱을 끼고 그들의 행동을 지켜보았다.

그녀의 푸른 눈동자가 조금씩 흔들렸지만 시선에 변화는 없었다.

일행 모두가 아무르를 찾았으나, 그녀만큼은 마치 바위라도 된 듯 그 자리에 꼼짝도 하지 않고 그들의 행태를 지켜만 보았다.

결국 지친 일행들이 쿨리아의 주위로 모여들었다.

고르고는 헉헉대다가 발작적으로 쿨리아를 노려보았다.

"당신은 왜 가만히 있는 겁니까!"

"나?"

"그래요! 당신이 흡혈귀라면, 적어도 냄새를 맡고 사람을 찾는 능력은 평범한 우리보다 훨씬 나을 것 아닙니까!"

옳은 판단이었다.

가빌라와 모아라도 쿨리아를 바라보았다.

비록 뒤이어 일행에 참여한 그들이었지만 그동안 지내면서 쿨리아의 광적일 정도의 충성심은 충분히 깨달을 수 있었던 시간이었다.

바한에 대한 충성심, 그렇다면 바한이 일행을 부탁하겠다고 말한 그 명령 아닌 명령도 충실하게 수행해야만 했다.

사방에서 피 냄새가 진동을 해도, 제 몸이 뜯겨나가도 쿨리아는 그리 해야만 했다.

쿨리아는 가만히 하늘을 바라보았다.

워낙 많은 나무들이 팔을 뻗어 시야를 막았지만, 그녀의 눈동자는 나뭇가지와 무수한 나뭇잎을 넘어서 높은 하늘을 바라볼 수 있었다.

석양이 지고 있었다.

가만히 눈을 감고 이내 다시 뜬 그녀의 눈동자는, 고요한 푸른색에서 폭발적인 푸른색을 담고 있었다.

그녀의 눈동자에 일행은 깜짝 놀랐다.

위엄과 스산함. 세계에 남은 흡혈귀 중 유일한 흡혈귀의 눈동자는 더할 나위 없는 강렬함으로 그들을 찍어 눌렀다.

하지만 정작 그녀의 입에서 나온 말은 어떤 확신과 모호함을 동시에 품고 있었다.

"이것이 순리다."

"……뭐라고요?"

"이것이 순리야. 이렇게 되어야만 해."

알 수 없는 말이었다.

고르고는 거의 제정신이 아니었다.

아무리 어렵고 부딪치는 것이 많은 사람이라고는 하나 아무르는 그의 상관이었으며 동료였다.

이처럼 남의 일처럼 말하는 쿨리아에게 그는 심한 반발심이 일어나는 걸 느꼈다.

"순리라니요! 아무르가 실종이 된 게 순리라니, 그게 무슨 망발입니까!"

"그분께서 그렇게 이야기하셨다."

그분이란 과연 누구인가.

어쩔 수 없다는 듯 말하는 쿨리아의 말투, 결국 고르고와 모아라, 가빌라는 얼빠진 표정으로 그녀를 바라볼 수밖에 없었다.

쿨리아는 내면으로 침잠했다.

'그분과 함께 숲이 말하고 있다.'

애초에 정상적인 숲이 아니었다, 광한수림은.

거의 천 년에 달할 정도의 기나긴 시간.

구백 년이 넘게 숲과 함께해 온 그녀는 광한수림에 대한 원한이 골수까지 스며들었다.

그건 어쩔 수 없는 것, 광한수림이 아니었다면, 이 상식을 비틀리고 자연 법칙마저도 파괴한 채로 세계의 공간에서 뚝 떨어져 나온 숲이 아니었다면, 그녀 역시 그토록 기나긴 시간 동안 고독 속에서 떨지 않았을 것이다.

그러나 광한수림에서 사는 광신자와 복수신, 칼 표범 등이 아니었다면 그렇게 긴 시간 동안 삶을 영위할 수도 없었을 것이다.

삼색림을 품은 광한수림은 그녀에게 있어서 저

주와 축복이 함께 한 복수하고 싶은 성인의 쉼터였다.

천 년이 넘는 시간 동안 사람의 발길을 허용하지 않았던 악마의 숲.

기괴한 생물체가 기거하는 마력과 신화의 숲.

광한수림은 언제 태어났는가.

쿨리아는 처음 삼색림을 만듦과 동시에 그 속에 갇혀 버렸을 때를 생각했다.

그때의 광한수림은 이렇게 크지 않았었다.

영역도 영역이었지만 나무들은 최소한의 상식 범주 안에 들 정도로 적당한 크기였고, 산신 호랑이와 무지개 사자도 없었으며 번식도 제대로 할 수 없는 광신자들과 몇몇 칼표범들, 복수신들 외에 지극히 평범한 동식물들만이 살아가고 있었다.

그런데 칼표범들의 숫자가 교배를 하지 않았음에도 어느 순간 많아졌다.

그 시기는 대략 짧게는 십 년, 많게는 오십여 년에 걸쳐서 이루어졌고, 그만큼 광신자들의 번식력도 왕성해져 숲에 균형을 이루게 되었다.

항상 숲에 잠들어 고개를 들지 않았던 복수신들의 숫자는 그대로였지만 광신자들과 칼표범들은 시간이 지날수록 숫자를 불려 나갔고 그 숫자를 감당하고 싶었던 것인지 광한수림의 나무들은 점점 커지고 많아지게 되었다.

　신기한 일이었다. 아무리 자연의 이치가 오묘하다지만 저 상식 안에서 파악하기 힘든 괴생물체들을 가두기 위해서 커진 것 같은 나무들의 반란은 보고도 믿어지지 않는 일이다.

　그건 요괴라는 종족으로 태어난 쿨리아 역시 마찬가지였다.

　숲은 결계를 이루었다.

　결계는 점점 강해졌고 커져만 갔다. 자체적으로 호수가 만들어지는가 하면, 땅이 솟아 절벽이 생겨나고, 치아목 나무의 외림 경계 영역까지 만들어지기 이르렀다.

　마치 누군가를 위해 치장이 된 것만 같은, 이중 삼중으로 만들어진 숲의 결계.

　결계라고 말할 수밖에 없을 정도로 기묘한 숲의 모습.

그것이 지금에 이르러서는 대륙에서 외따로 떨어진 섬처럼 독립적인 어떤 광역을 이루게 되었다.

시대마다 전해지는 광한수림의 모습은, 이젠 포화 상태가 되어 터지기 일보 직전의 상황으로 도달하게 되었던 것이다.

어떤 작용으로 숲은 이렇게 커지게 된 것일까. 단순히 자연의 오묘한 법칙일까. 그도 아니라면 누군가의 농간일까.

쿨리아의 눈동자가 더욱 파랗게 빛났다. 어두운 밤하늘, 홀로 고고히 빛을 발하는 달빛이 이와 같을지 모르겠다.

'선왕의 무덤.'

이제야 알겠다.

바한의 피를 마시고서야, 유난히 신성(神性)이 강한 그의 피를 마시고서야 그녀는 깨닫게 되었다.

다른 누구의 피도 받아들이지 않고 오로지 바한의 피만을 마셨기 때문에 그녀는 몰랐던 바를 깨달은 것이다.

고대 신의 영을 빌어 육체를 끊임없이 재구성한

바한의 피는 세상에 퍼진 어떤 복수신의 가능성을 가진 자보다도 짙은 피를 가지고 있었다.

아무리 자유롭다지만 유달리 힘이 넘치고, 흡혈의 욕구로부터 매번 자유로울 수 있었던 이유가 바로 여기에 있었다.

신성에 물든 피를 그녀는 마셔 왔던 것이다.

비록 복수를 다짐한, 타락한 신의 피였으나 그 또한 신성한 피.

오히려 형태 있는 인간의 몸, 온전한 신성이 아닌, 타락한 신성으로 물든 바한의 피였기에 이치에 따른다고 보기 어려운 요괴 쿨리아에게는 그 달콤함이 극에 달했다.

천천히 깨우치게 되는 하나의 본능.

피와 피로 연결되어진 교감력.

광한수림이 어떠한 곳인지, 바한이 무엇을 원하는지 그녀는 본능적으로 깨달을 수 있었다.

그래서 아무르를 놓아 주었다.

광신자들의 우두머리, 대사제를 보며 때가 되었음을 알아 아무르를 보내 주었다.

일행 전체를 재웠던 것은 그녀가 가진 요마, 어

둑서니의 힘.

'이게 옳은 것이지?'

바한은 홀로 살아갈 수 있는 주체가 아니었다.

바한의 몸속에는, 그의 영혼이라고 할 법한 곳에는 모두 세 개의 존재 개념이 살아 숨 쉬고 있었다.

가장 깊은 곳에 숨은 '배신'.

정신과 육체에 스며든 '복수신'.

그리고 천 년의 세월 동안 이어져 내려온 인간으로서의 또 다른 '영혼'.

셋 중 어떤 존재의 욕구를 충족시켜 주어야 하는가.

쿨리아는 판단할 수 없었다. 하지만 무수한 생각과 무수한 복기, 무수한 깨달음으로 결국 하나의 욕구를 따르기로 마음먹었다.

'이것이 순리다.'

이치를 따지자면 세상에서 가장 이치적이지 않은 존재는 요괴라 할 수 있겠다.

하지만 쿨리아는 처음으로 '이치'와 순리를 떠올렸다.

그것이 바한을 위해서 충성하는 그녀의 선택과 판단이었다.

그녀는 고르고를 바라보았다.

고르고는 여전히 분노와 어리둥절함이 공존하는 눈동자로 자신을 바라보고 있었다.

쿨리아는 깨달았다.

겁이 많고 마냥 착하기만 하나, 이런 고르고도 분명 복수신이 될 가능성이 있는 자였다.

'이치를 따르지 않아. 번식의 욕구를 자체적으로 끊어 버린 이단아다. 목적을 위한 금욕이 아니라 금욕 자체를 떠올리지 못하는 자. 자연의 이치에 맞지 않으니 고르고 역시 복수신으로 변할 가능성이 있는 사람.'

그녀는 이번에 몰란덱을 떠올렸다.

요괴조차도 지극히 긴장하게 만든 전사. 사람으로서 도저히 도달할 수 없는 힘과 체격을 갖춘 이 시대 최강의 육체적 투쟁력을 갖춘 남자.

'외형적으로만 복수신이 되어 버린 불합리의 사생아. 강인한 정신과 지혜를 가졌지만, 신체만큼은 통제가 불가능할 정도로 증식이 된 희대의 폭

군. 이 또한 반쯤은 복수신이 된 자.'

그리고 아무르.

자아형성으로 본다면, 가장 바한과 가까운 그녀.

'육체는 사람으로 태어났지만 영혼이 복수신에 물든 사람. 사람을 파고 세상을 연구하는 학자로서의 삶을 영위하는, 인간과 세상을 관찰하기 위해 태어난 복수의 반신(半神). 복수신으로서 가장 대인과 닮은 여인. 하지만 홀로 고고하여 되레 복수신을 이해하고 세계를 이해하여 화해와 평화를 도모하려는 여신의 다른 이름.'

복수신이 될 가능성이 있는 한 명의 남자와 이미 반쯤은 복수신이 되어 버린 다른 한 남자, 그리고 복수신의 사상을 타파하여 세계의 안정을 도모한 복수신답지 않은 복수신까지.

거기에 배신에 복속이 된 복수신의 완성형인 바한도 있다.

한 세대에 한 명 발견하기도 어려운 이 네 명의 복수신 무리들이 모인 것은 우연인가? 이런 우연도 있을 수 있는 것일까?

쿨리아의 눈동자가 더욱 더 깊은 푸름으로 물들었다.

마치 바한의 그것처럼 깊고 깊은 푸름으로.

'숙명…….'

자연의 숙명이 아닌, 시작과 함께 모든 것을 끝내기 위한 존재 개념의 숙명이었다.

몰란덱과 아무르가 이곳에 파견이 된 것도, 고르고가 느닷없이 불사의 약초에 대해 관심을 갖게 된 것도 전부 한곳에 모이기 위한 반(反)이치의 움직임이었던 것이다.

동시에 고대부터 존재해 온 존재 개념들의 합작을 막아 내려는 자연의 지극히 자연스러운, 자연다운 움직임.

세계 전체를 차지해 버린 오만한 하나의 종(種)을 멸망시키기 위한 부채질이었다.

쿨리아는 한기가 나는 걸 느꼈다.

'배신과 복수는 인간들의 가슴에 들어차 자연에게 복수를 감행하려고 한다. 그렇지만 지금 세계가 만들어 낸 이 미묘한 합작은 무엇인가? 두 이중 존재 개념이 공격을 하기도 전에 인간을 멸망시키려는 건가? 공격이 되지도 못하게 만들기 위한 자

연의 섭리란 말인가? 그 또한 자연이 바라던 바란
말인가?'

소름이 돋았다.

초월적인 존재들의 보이지 않는 싸움. 그 모든
과정이 쿨리아는 보이는 것 같았다. 그녀는 몸을
떨었다. 도무지 진정하기 어려웠다.

복수신을 모은 것은 도대체 어떤 힘이 작용한 것
이며, 그것을 막으려는 자연의 의도는 정말 인간의
멸망으로 향하는 것인지, 그렇다면 왜 산신 호랑이
와 무지개 사자는…….

'아! 자연의 시선!'

산신 호랑이와 무지개 사자들이 광한수림에 나
타난 것은 대략 백여 년 전, 판주아 왕국이 멸망할
시기였다.

바한이 마지막으로 인간 세상에 나섰던 그때.

모든 인간들을 관찰하고 모든 정보를 수렴하여
이제는 세상을 향해 배신과 복수를 포효하려는 마
지막 준비를 하려던 그때, 산신 호랑이와 무지개
사자는 광한수림에 모여들었다.

신수마부로서 그 시대 최고의 성인이라고 명성

이 자자했던 바한이 세상을 떠돌 무렵 왜 무지개 사자와 산신 호랑이가 그를 따랐을까?

'배신'이자 복수신이 될 가능성이 있었던 당시의 신수마부, 바한을 감시하기 위함이었고 동시에 광한수림에 들어온 이유 역시 '배신'이자 복수신이었던 존재 개념인 바한의 흉악한 움직임을 억제하려는 것이었다.

부활화의 개화(開花) 시기에 따라 광한수림은 삶과 죽음이 공존하였다.

나무가 죽어서 썩지 않고 그대로 서서 죽었다.

자연스럽지 않은 일.

이치에 맞지 않는 일.

산신 호랑이와 무지개 사자는 그러한 죽은 나무들을 부수고 다녔다.

죽은 존재는 마땅히 땅에 묻혀야 하니까. 이치에 따르기 위해, 자연스럽게 하기 위해.

순리에 따르는 초월적인 두 괴수는 자연이 원하는 모든 바를 시행했다.

아무르가 배신과 복수신의 진격을 막기 위해 세계가 강제적으로 시선을 틀어 버린 자연의 대리자라면 산신 호랑이와 무지개 사자 두 존재는 애초에 먼 옛날, 인간이 탄생했을 때부터 위험요소를 막기 위해 나타난 존재들인 것이다.

바한은 그런 산신 호랑이와 무지개 사자를 사냥했다.

두 존재를 보면 표현될 수 없는 분노로 주체하지 못했던 이유가 그것이었다.

자연의 시선을 피하기 위해서 그들을 학살하려 했던 것이다. 그건 이성이 아닌 본능이었다.

배신이자 복수신의 완성형이 가져야 할, 마땅한 본능.

알지 못했던 모든 지식들이 쿨리아의 머리를 배회하며 짜 맞춰졌다.

'자연의 감시.'

멀쩡히 호랑이도 있고, 사자도 있는 세상에서 산신 호랑이와 무지개 사자라는 거대 괴수들이 나타난 것은 다 이유가 있었던 것이다.

'자연은 몰랐던 것일까?'

사전에 막았다면 이렇게까지 장기화될 암투가 아니었다.

이른바 신들의 싸움이 이 정도로 명확하게 드러
나지 않아도 될 수 있었다.

그렇다면 자연은 왜 천 년에 걸쳐서 지금까지 침
묵했는가.

쿨리아의 그 의문만은 풀어지지 않았다.

‡   ‡   ‡

바한은 탄식했다.

자연의 역공은 있었다.

역공이라고 말하기도 어려운, 소심한 역공들이
있었다. 배신과 복수신을 막아 내기 위해 많은 시
도를 했었다.

대표적인 것이 바로 판주아의 마지막 대장군이
었다.

그들을 막기 위해 강제로 자연이 파견한 '영
웅'.

가장 인간다운 인간이며 동시에 만인에게 선하

고 만인에게 모범이 되었던 그는 누구보다도 잘 어울리는 신의 사자였다.

그가 왜 죽었는가? 간신들의 모략으로? 아니면 너무나 착해서?

결과론적으로 맞는 이야기였지만 배후에서 그 모든 일을 움직였던 사람이 따로 있었다.

바로 바한, 자신이었다.

신의 사자로 내려와 배신과 복수신의 야망에 제동을 걸어야만 했던 숙명을 가진 그를, 바한은 군인으로서 마지막 관찰을 하면서 타락시켰다.

바한은 생의 마지막에서 충의국검을 받았던 그때를 떠올렸다.

‡　　‡　　‡

영롱한 술잔을 사이에 두고 큼직한 칼과 창을 옆에 세운 바한이 고개를 저었다.

"무리입니다. 아무리 당신이라 해도 성공할 수

없는 반란입니다. 비록 저들이 불쾌한 사상과 행동으로 백성을 피폐하게 하고 나라살림을 거덜 냈다지만 이처럼 긴 시간 동안 그토록 오만한 짓을 할 수 있었던 이유는, 그들이 썩어 빠진 것만큼이나 강했기 때문이기도 합니다. 대장군은 지금 그들을 너무 얕잡아 보고 있는 듯합니다."

저 하늘 높은 곳에서 또 다른 자신과 대장군과의 대화를 바라보는 느낌은 상당히 신선했다. 바한은 안타까움과 호기심이 짙은 눈으로 둘의 대화를 감상했다.

외관으로만 치자면 최고의 용맹함과 최대의 덕을 동시에 갖추었을 것만 같은 중년의 대장군은 껄껄 웃었다.

"얕잡아 보고 있었다? 맞는 말이야. 한때는 그랬지. 하지만 이제는 아닐세. 칼 한 번 쥐어 본 적 없는 간신배들의 세 치 혀 따위 두려워할 것이 없다고 생각했던 옛날의 내가 아니란 말일세. 붓은 칼보다 강하고, 혀는 붓보다도 강하다는 걸 깨닫는 데에 몇 년의 시간이나 걸렸는지 원."

"그렇다면 대장군은 지금 이길 수 없는 싸움을

하고 계시는 걸 알면서도 반란을 일으키겠다는 것입니까?"

"항상 내 옆에서 최선봉을 자처했던 자네도 능히 알겠지만 전쟁이라는 것이 그렇게 쉽지는 않네. 아무리 자신에 차 있어도 완전한 승리를 장담할 수 없는 게 전쟁이야. 십의 힘으로 삼의 힘을 억누르려 해도, 도리어 역전될 수 있는 것이 전쟁이란 말이지. 즉, 반대로 말하자면 병력의 열세를 갖추고도 언제든 판세를 뒤집어엎을 수 있는 것도 전쟁일세. 난 그렇게 믿고 있네."

"일 리가 있는 말씀입니다만 지금은 경우가 다릅니다. 아무리 썩어서 거름으로조차 쓸 수 없는 더러움이 가득한 판주아의 국성이라 하나, 과거 수많은 학자들과 지략가들로 인해 전략적으로 완전함에 가까운 병략의 성을 무슨 수로 무너뜨리겠다는 겁니까? 누구보다도 대장군이 가장 잘 알고 계시잖습니까?"

"알지. 그것을 왜 모르겠나? 수십 년간 나라를 위해 충성했고, 국토 방위를 위해 힘써 왔던 내가 그것을 모르면 누가 알 텐가."

바한의 얼굴은 여전히 무뚝뚝했지만 눈동자에 약간의 안타까움이 드러나 있었다.

그것을 보았음인지 대장군은 따스한 눈길로 그를 보았다.

"이보게, 친구."

"예."

"내가 이런 마음을 품은 이유를 아는가?"

"향락에 젖은 퇴폐의 왕을 보고, 그리고 간신배들의 요사스러운 혓바닥에 백성들이 신음을 흘리는 것을 보고 그러신 것 아닙니까?"

"그것은 당연한 이유일세. 하지만 근본적으로 내가 거창하게 반란이라는 단어를 생각하게 된 이유는 따로 있네."

"그것이 무엇입니까?"

"바로 자넬세."

"저 말입니까?"

"맞아. 바로 자네 때문일세. 때문이라는 억양이 조금 어색하기는 하지만. 그래, 자네 덕분이라고 해야겠지."

바한은 약간 당혹스러운 얼굴로 고개를 저었다.

"무슨 말씀인지 이해하기 어렵습니다."

"자네는 내게 이렇게 말했지. '세상 모든 군인은 군왕을 위해 충성을 해야 하지만, 그보다도 우선시해야 할 최고의 덕목이 하나 있다. 그것은 바로 위민(爲民)이다. 고래로 판주아의 태조 미르왕께서 이리 말씀하셨다. 백성이 하늘이고, 신하가 땅이며, 왕은 보이지 않는 거름이다. 왕은 가장 위대해 보이겠지만 실상 가장 고독하고 가장 고통스러워야 할 이다. 그러한 왕이 충신의 간언으로도 되돌리기 힘든 퇴폐에 젖는다면 군인은 마땅히 백성을 위해 왕권을 위협해도 부덕의 소치가 될 수 없다', 자네는 분명 이리 말했었지?"

분명 그리 말했었다.

하늘 높은 곳에서, 마치 귀신과 같은 투명함을 가진 채로 자신과 대장군을 바라보는 또 한 명의 바한은 이를 악물었다.

그는 분명 그리 말했었다.

하지만 그것이 진정 나라와 백성을 위해서 했던 말이 아니었기에, 이제는 그 모든 걸 알아 가고 있었기에 바한은 가슴이 찢어지는 고통에 휩싸였다.

대장군과 마주한 또 한 명의 바한이 고개를 끄덕였다.

"그랬습니다. 그러나…… 대장군."

"자네가 하고픈 말을 잘 알고 있네. 대의를 위해서 움직여야 하지만 군인이라는 신분은 그렇게 엉덩이가 가벼워서도 아니 되는 것이지. 병권을 쥔 자가 내사에 관여하게 되면 막강한 투쟁력으로 나라의 존엄이 위태로워진다는 것, 내 잘 알아. 그래서 군인의 충성심은 오로지 군왕을 위해서만 쓰여야만 하는 것이지. 하지만 친구. 바로 자네가 주장했던 그 위민과 대의를 시행할 때는 이미 너무 늦어 버렸네. 지금 반란을 일으켜도 늦은 감이 있다는 것이야. 그렇다면 하루라도 빨리 병사를 일으켜 폭군을 폐위시키고, 간신들을 국형에 처해 나라의 정기를 바로잡아야 한다는 것이 내 생각일세. 아직은 희망이 있어. 나라를 위하고 그에 앞서 백성을 위하는 이들도 세상에는 많네. 모든 사태를 정리한 이후, 새로운 시대를 위해 적극적으로 그들을 중용할 것이네. 그리고 사태가 끝나게 되면 나는 대장군 직위를 버리고 나라를 뒤엎은 죄인으로써의 삶을 살아갈 것이네."

담담하게 말하지만 그것이 얼마나 위험하면서도 서글픈 일인지 바한은 알고 있었다.

귀신처럼 그들을 배회한 바한은 대장군의 맞은 편에 앉은 또 다른 자신을 바라보았다.

술잔 앞에 앉은 바한의 눈동자는 한순간 파랗게 물들었다가 이내 잠잠해졌다.

'복수신의 표식.'

바한은 말했다.

"보아하니 이제 되돌릴 수 없는 것 같습니다. 대장군의 의지가 이리도 확고하니 별수 없겠습니다. 그 반란, 성공할 수 있도록 최대한의 도움을 드리겠습니다. 능력이 좋지는 않지만, 별 것 없는 능력이라도 오로지 위민한다는 마음으로 전력을 기울이겠습니다."

대장군은 크게 웃었다.

"하하! 친구가 도와준다 하니 든든하네. 자네의 전략전술은 지닌바 무용만큼이나 대단한 것임을 내 모르지 않네. 자네가 도와준다면 분명 큰 도움이 될 걸세.”

“만약 제가 도와주지도 않고, 심지어 군왕에게 보고해 대장군의 반란 사실을 알렸다면 어찌하실 뻔했습니까?”

“내 사람 보는 눈이 그렇게 없지는 않네. 자네는 일견 세상사에 무관심해 보이지만 누구보다도 백성을 사랑하고 나라를 위하는 이야. 동시에 그만큼 나를 믿어 주는 사람이지. 그럴 리 없다는 것 애초에 나도 잘 알았네.”

“대장군은 사람을 너무 쉽게 믿는 경향이 있습니다.”

“하하. 의심하는 것보다 속 편한 게 사람을 믿는 것이네. 매번 의심만 하는 삶은 별로 매력적이지 못하지.”

진심으로 웃는 그를 보며 허공을 떠도는 바한은 짙은 안타까움과 야릇함을 동시에 느꼈다.

자연이 숙명을 부여한 대리자를 죽음으로 내몬 자신이 자랑스러웠고, 너무나도 착하고 충성심 깊은 그를 희롱한 자신이 역겨웠다.

동시에 자연의 시선과 대리자를 마음대로 농락

한 자신의 가학적인 행동에 희열을 느꼈다.

그날의 조촐한 술자리가 끝나고 집으로 가는 길, 바한의 등 뒤로 누군가가 다가왔다.

판주아 왕국, 최고의 권세가이자 간신배들의 주축이 되는 이. 국정대신(國政大臣)이며 현 국왕의 장인이 되는 갈태사였다.

"대장군은 언제쯤 난을 일으킨다고 하던가?"

바한의 차가운 눈동자가 갈태사를 향했다.

"내일 정오를 기점으로 거병하여 국성을 칠 겁니다."

"병력의 수는?"

"군권 아래 모인 병력 수 일만 오천에 가내 사병 오백을 합하여 일만 오천오백입니다. 거기에 뜻 있는 지사들이 모여 병력을 더하니 총 병력 수 이만에 달할 것입니다."

"이만의 병사라. 어마어마한 병력이구먼."

그럼에도 갈태사는 웃었다.

몰랐다면 모를까 이미 알게 된 상대의 전력이라면 방어를 넘어 역공을 가하기에 충분하다.

더군다나 지리적 이점까지 취했고, 대장군부 측

간세까지 이용한다면 반란을 막는 것쯤이야 식은 죽 먹기가 될 것이다.

갈태사의 음흉한 웃음 뒤로 바한은 재차 눈을 빛냈다.

그리고 마침내 그날이 다가왔다.

성벽이 무너져 내리고 화광이 충천하는 국성.

하지만 그 불길에 휩싸인 것은 퇴폐한 국성의 무리들이 아니라 반란을 주도한 대장군 측 병력이었다.

너무도 쉽게, 한순간에 무너져 내린 반란분자들은 애처로움을 넘어서 우습기까지 했다.

멀리서 무너지는 병력을 보는 대장군과 바한은 아무런 말도 하지 않았다. 그렇게 얼마나 시간이 지났을까?

대장군은 붉은 갑옷을 탕탕 두드리고 칼을 고쳐 쥐었다.

"자, 이제 가 볼까?"

바한의 눈동자가 흔들렸다.

"이미 패배한 전쟁입니다. 어찌 죽음으로 나아가려 하십니까?"

"하하! 나를 믿고 대의를 위해 나선 병사들이야. 저들이 저렇게 죽어 가는데 어찌 나만 편하자고 이곳에 죽치고 있겠는가? 훗날을 도모하기에도 늦었네. 자네도 알 거야."

바한은 아무런 말도 할 수 없었다.

그의 눈동자는 지극히 불안정했다.

대장군이 따스한 눈으로 바한을 바라보았다.

문득 그는 장난기 어린 말투로 말했다.

"자네처럼 독특한 사람을 본 적이 없음은 비단 내 반백 년의 삶을 철부지의 경험 없는 소산이라 보기에는 어려운 감이 있지 않나 싶네. 그만큼 흥미로운 만남과 경험이었지. 뭐, 어차피 지금 행할 일이 성공해도 나에게는 필요가 없을 듯하니 과거의 잔재가 될 물건을 자네에게 주겠네."

대장군은 허리춤에서 한 자루의 소검을 꺼내 들었다.

고풍스러운 장식과 함께 판주아의 형상이 놀라우리만치 고고하게 새겨진 검.

군권을 상징하는 보물이자 판주아에서 오직 한 명만이 가질 수 있다는 군부 최고의 상징.

바로 충의국검이었다.

받지 않겠다 할 수 없는 분위기였다. 다만 바한은 한마디를 건넸다.

"당신에게는 목표를 이루도록 만들어 준 상징이 아닙니까? 그런데 제게 주어도 됩니까? 게다가 왜 지금 이것을……?"

"목표는 내가 이루는 거지, 이게 이루도록 도와준 게 아니야. 하지만 추억은 새겼지. 나중에 나 사라져도 내가 유일하게 사귀었던 친구 정도는 날 기억해 주지 않을까, 하는 졸렬한 마음에 주는 거니까. 비웃음은 감수해도 거부는 말아 줬으면 좋겠는데. 게다가 이거, 가지고 있어 봐야 별 쓸모도 없네."

바한은 충의국검을 받아 들였다.

대장군이 바한의 어깨를 쳤다.

"자네는 결코 이 전쟁에 끼어서는 안 되네."

"예?"

"이런 곳에서 목숨을 잃어서는 안 돼. 또한 부탁 하나만 하지. 이미 내 아내와 자식은 안전한 곳으로 두었지만, 그래도 불안한 건 어쩔 수가 없구먼. 친구, 내 가족을 좀 맡아 줄 수 있겠는가?"

바한은 무표정한 얼굴로 눈물을 흘렸다.

마치 가면을 쓴 사람 눈에 물을 뿌린 것만 같았다.

하지만 그 감정의 찌꺼기가, 평생 보이지 않던 것이라는 걸 대장군은 알았기에 함께 웃음을 지었고 동시에 눈물을 흘렸다.

"내 마지막 가는 길, 눈물을 흘려 주는 친구 한 명이 있다는 것만으로도 제법 성공한 인생을 살았다고 할 수 있겠지. 자네와의 추억, 자네와의 싸움, 내 죽어서도 잊을 수 없는 안주거리가 될 거야."

"대장군."

일순간 대장군의 눈동자가 위엄 있게 빛났다.

"대장군부 국방수비군 수장은 명을 받들게."

바한의 무릎이 반사적으로 굽혀졌다.

"명을 받겠습니다."

"남은 군인으로서, 판주아의 앞날과 백성들의 안위를 위해 힘쓰라. 그것이 나, 판주아 대장군 달태령이 내리는 마지막 명이니라!"

그렇게 대장군은 피어오르는 전화 속으로 사라졌다.

한 명의 남자로 태어나 깨닫지 못한 숙명을 품은 채로 그는 그렇게 사라져 버렸다.

다시는 되돌아올 수 없는 죽음으로써의 여정.

가장 위대했던 대장군은 화려한 불길로 질주하여 고난으로 점철되었던 인생의 종지부를 찍었다.

그 시간 이후 광한수림에서 수백, 수천에 이르는 회색 맹수들이 단체로 뛰어나왔다.

그들은 맹목적으로 푸른 눈동자를 빛내며 판주아의 국성을 향해 뛰어들었고 반란을 막고 희희낙락했던 그들을 향해 이빨을 세웠다.

뚫린 성벽으로 밀려드는 괴물들.

하늘을 날아 떨어지는 괴물들.

무수한 병균을 몸에 담아 사방으로 병을 전파하는 괴물들.

판주아는 대장군의 위민 반란을 막은 지 열흘 만에 소멸해 버렸다.

신의 섭리를 거역하고 스스로 짐승으로 퇴화되

었던 너무나 많은 수의 짐승들에 의하여 말 그대로 '증발' 해 버리게 되었다.

국성 주변은 물론이거니와 대지의 삼 할 이상이 초토화되어 버린 재앙.

수많은 역사서와 최소한의 나라 지식을 가지고 있었던 대다수의 사람들이 그렇게 유래 없는 인공적인 재해로 인해 소멸했다.

그 한가운데에는 바한이 서 있었다.

대장군을 농락하고 배신한, 갈태사를 농락하고 배신한, 판주아를 농락하고 배신한, 인간으로써 첫 복수신의 형태를 가지게 된 배신의 의인화가 무너지는 나라를 보며, 그렇게 눈을 빛내고 있었다.

그렇게 사람들은 명확하게 깨닫지 못한 채로, 또 다른 배신이 일어날까 두려워 피폐한 삶을 살아가게 되었다.

천 년의 세월 동안 무수한 직업을 가지며, 사람들의 마음에 '배신'을 새겼던 바한은 마침내 영원할 것 같던 인간의 국가를 쓸어버림으로써 세상에 분포한 거의 모든 인간들에게 배신을 심었다.

하늘 높은 곳, 귀신처럼 반투명한 바한은 무너져 버린 대지를 보며 머리를 움켜쥐었다.

판주아는 왜 멸망했는가.

바한이 항상 가진 의문이었다.

하지만 그 진실은 자신에게 있었다.

다른 누구도 아닌, 자신이 멸망시킨 것이다.

'배신'이자 복수신이었던 자신이 마지막 잠복기를 가지기 위해 세상에 절망을 내렸던 것이다.

"백 년 뒤 내가 마지막으로 깨어날 때, 부활화가 마지막으로 신성을 품는 시기가 도래할 때, 광한수림의 결계가 무너지기 시작할 때, 마침내 세상은 '배신'과 '복수'의 이름으로 물들어 신의 권위를 무너뜨릴 것이다."

이중 존재 개념으로서의 바한은 하얗게 웃었다.

그는 수많은 책을 집필했고, 당시 떠돌이로 죽기 일보직전인 한 명의 꼬마를 살려 주었다.

온갖 수모와 치욕을 당하면서도 끝끝내 정의로운 눈빛을 살려 냈던 아이에게 바한은 한 권의 얇은 책을 건네주었다.

그 책에는 부활화에 관한 내용은 물론, 산신 호랑이와 무지개 사자의 시선을 피하기 위해 기억을 봉인할 자신을 위한 안배가 적나라하게 적혀 있었다.

그는 머나먼 시간이 지난 후 인간들의 지배자가 다시 세상에 나올 때 이 책을 열람하길 바랐다.

세상을 떠돌며 바한은 이름이 을사포였던 이 소년의 자질이 군왕의 자질로써 마땅하다 판단해, 그에게 비틀린 지식을 전수했다.

책의 내용 중 하나는 이러했다.

수를 헤아리기 어려운 빛의 광채가 조용히 주변을 비추는 가운데 홀로 고고한 무한의 신이 있어 그 성스러움이 비할 데 없으리라.

그러나 인세에 나타난 약초의 신은 추악한 동식물의 숨결 속에서 얼마 버티지 못해 수명이 별빛보다는 길고 달빛보다는 짧다.

만일 인간이 성스러운 신의 육체를 건드린다면 신은 인간에게 파멸의 다른 이름으로 스며들 것이

고, 결과적으로 모든 인간들이 말할 수 없는 불행
으로 대지 속에 파묻힐 것이다.

약초의 신을 감싸기 위해 요괴처럼 커진 나무들
은 외따로 떨어진 섬처럼 보인다

혹여 인간의 무지함과 욕망으로 더럽힐까 두려
워 선왕의 지혜로 만들어진 숲은 선왕의 무덤이자
선왕의 위엄이었고, 선왕의 자애가 남긴 인간에 대
한 안타까움이리라.

그럼에도 불구하고 약초의 신을 건드린다면, 인
간들은 대자연의 분노에 앞서 선왕의 분노부터 감
당해야 하리라.

대지의 수호자와 창공의 지배자의 위엄과 순결
함이 없었다면 이미 신은 인간을 열 번도 더 버렸
을 것이니 마땅히 인간들은 이를 알아 자연 앞에
겸허하고 만물과 함께 생동적인 역사를 만들어 나
가길…….

교묘한 언변이었다.

진실과 거짓이 섞인 참람한 문장들의 나열이었
다.

이미 '배신'과 욕망에 물든 인간들이 이것을 보게 된다면, 인간의 지배자 혹은 지배자들이 누구도 부활화를 취할 수 없도록 없애 버리기 위한 시도를 감행할 것이다.

그리고 결국 광한수림은 초토화되기 시작할 것이다.

그리고 그 시기를, 바한은 마지막 잠복기 이후 백 년 내외로 예측했다.

광한수림이 왜 무너져야만 하는가?

많은 이유가 있지만 그중 첫째가 광신자에 있었다.

바한이 처음 태어났던 삶, 신수마부로서의 삶을 살아갔을 때 가졌던 인간에 대한 믿음.

그 믿음이 떨어져 나가 용의 뼈와 귀신의 피로 만들어진 생명체가 바로 광신자였다.

천 년의 시간 동안 차근차근 인간들의 삶을 살았던 바한은, 하나의 인생이 끝날 때마다 인간에 대한 희망과 믿음을 잃어 갔고. 그럴수록 광신자들의 숫자는 일정 기간 동안 폭발적으로 늘어나기에 이르렀다.

그것은 동시에 바한의 기억을 봉인시켜 주는 추의 역할과 같았다.

광신자(狂信者)에서 광신(狂信)의 뜻은 숲의 신을 광적으로 신봉하는 그들의 끔찍한 믿음을 비꼬는 것이 아닌, 바로 인간에 대한 바한의 처절한 믿음이었던 것이다.

그들이 학살되기 시작하면 바한의 기억도 빠른 시간 안에 정상으로 돌아오게 될 것이다.

자연의 시선을 감추기 위해 봉인해 두었던 이중존재 개념으로써의 모든 기억이 그를 감싸게 될 것이다.

그리고 또 하나.

결계로써 공고했던 광한수림이 무너지면, 막아두었던 한 '존재'의 영원한 몰락이 시작될 것이다.

죽어서도 인간들을 위했던 '존재'의 완벽한 소멸을 부추기게 될 것이고, 결과적으로 다시는 용이 나타나지 않게 될 것이며, 귀신은 영원히 지혜와 자아를 박탈당한 채로 세상을 부유하게 될 것이다.

하지만 바한으로서도 한 가지 이해가 가지 않는 부분이 있었다.

'부활자라니?'

적어도 그의 계획에 부활자는 존재하지 않았다.

그럴 수가 없었다.

바한 역시 충분히 이치에 어울리지 않는 존재였지만, 부활자라는 존재는 애초에 있어서는 안 될 존재였다.

신의 섭리 속에서 교묘하게 세상을 비틀어 버린 바한이 강력하게 일을 주도하지 않은 이유도 신의 시선에서 벗어나기 위함이었다.

섭리라는 단어 자체를 부정하게 될 부활자가 왜 세상에 나타났는가? 바한은 인간으로서 묘하게 편안해졌지만, 이중 존재 개념의 바한으로서는 불안하기 짝이 없었다.

있어서는 안 될 존재가 나타난 것이다.

차후 부활자가 어떤 역할을 하게 될지 바한은 고민에 빠졌다.

‡　　‡　　‡

"자연의 대리자라니요? 복수신의 한을 풀 존재요?"

—그러하다.

어떤 내용의 대화인지 아무르는 도통 이해할 수 없었지만, 그것이 자기가 무식해서 그렇다는 뜻으로 굳이 돌리진 않았다.

애초에 이런 말도 안 되는 괴물이 존재한다는 것도 이상했지만 그런 존재와 대화가 되는 현 상황도 웃기기 짝이 없었다.

대사제는 큼직한 발톱으로 바닥에 글을 새겼다.

—내가 세상에 태어난 것과 같이, 너도 세상에 태어난 이유가 있다. 창조주의 의도는 만인에게 평등하다. 난 평등할 수 없는 존재로 자아를 갖추게 되었으나 그것을 원통하게 생각한 적이 단 한 번도 없었다. 내가 왜 태어났는지 그 이유를 알았기 때문이다.

"무슨 소리예요? 태어난 이유? 지금 운명을 말

하는 건가요? 미래가 정해져 있다는 건가요?"

—운명과 같은 시시한 글자로 표현될 수 없는 숙명의 다른 이름이다. 신의 명, 하늘의 명이다. 너는 스스로 각성조차 하지 못했지만 때가 되면 너자신이 누구인지 깨닫게 될 것이다.

여전히 알 수 없는 내용의 대화였다.

아무르는 곤혹스러웠다. 괴물과 대화가 된다는 상황에 대한 곤혹이 아니었다.

흥미로운 상황이었지만, 그것이 현재 자신의 어지러움을 타파해 줄 정도의 깔끔함은 품지 못했다는 걸 그녀는 깨달았다.

대사제의 말은 계속되었다.

—너와 함께 다니는 것이 그분의 뜻이었다면 내가 널 막을 이유는 없다. 너는 스스로의 소임을 다하면 된다. 또한 나 역시 나의 소임을 다해야겠지. 너와 난 극과 극에 다다른 대립이다.

"대립……?"

—나는 그분의 완전한 봉인을 위한 마지막 열쇠. 내가 소멸되는 즉시 그분은 막아 두었던 모든 기억을 완전하게 되찾을 것이다. 신을 비웃고 농락할

상황을 만들 체제를 다지게 될 것이다. 그러나 넌 다르다.

"무슨 말인지 여전히 이해할 수가 없네요. 보다 온건하고 이해 깊은 대화를 나누기 위해서 당신의 설명이 제법 많이 필요할 것 같은데요."

다소 퉁명스럽기까지 한 아무르의 말투였지만 대사제는 감정의 동요를 보이지 않았다.

—내가 그분의 품으로 돌아가 추악한 세상을 만들게 된다면 넌 세계와 그분을 화해시킬 중화제가 될 것이다. 그 외에 것들은 알지 못한다. 그분이 왜 너를 일행으로 삼았는지, 알면서도 데리고 다닌 것인지, 그렇다면 왜 살려 두었는지 모르겠다. 나로서는 그분의 의중을 추측하는 것 자체가 불경이다.

이해할 수 없는 내용이었지만 단편적으로는 이해가 되는 말이기도 했다.

그래서 아무르는 놀라 버렸다.

"추악한 세상을 만들다니요?"

—가장 투명하면서도 가장 어두우신 분. 가장 추악하면서도 가장 애처로우신 분. 광기와 자비를 함

께 지닌 분. 나는 곧 그분의 품으로 돌아갈 테니 시간이 지난 후 네가 너로서 각성하게 되면 맡은 바 소임을 다해 주길 바란다. 그것이 그분을 방해하는 것인지 알 수 없지만 왠지 나는 너를 해치고 싶은 마음이 들지 않는다. 나의 마음은 곧 그분의 마음이겠지.

대사제는 그렇게 마지막 대화를 끝마치고 육중한 몸을 움직였다.

아무르는 발작적으로 물었다.

"어디로 가는 거죠?"

대사제의 큼직한 눈동자가 아무르를 향했다.

흉측하고 징그러운 파충류의 눈. 하지만 아무르는 거기서 알 수 없는 슬픔과 기대감을 보았다.

짐승의 눈에도 저토록 감각적인 색채가 깃들 수 있다는 것에 아무르는 가슴이 저릿한 통증을 느꼈다.

그리고 동시에 그녀는 깨달았다.

대사제는 죽으러 가는 것이다.

하나라도 더 많은 산신 호랑이와 무지개 사자들을

죽이고 함께 산화할 작정인 것이다.

　설명할 수 없는 감정, 소용돌이치는 묵직한 슬픔
에 아무르는 자신도 모르게 눈물을 흘렸다.

4막 4장

"만약 말이야. 만약에 인간이 누군가에 의해서 멸망을 당할 상황에 처했다고 가정해 보자고."

"누군가라면, 같은 인간?"

"그런 건 전부 제치고서라도. 일단 어느 존재에 의해서 말이야. 그게 신이든 괴물이든 그렇게 가정을 하자고. 그렇다면 말이야. 인간들은 그 인류 멸망을 감행할 능력이 되는 존재를 향해 창칼을 세우게 되겠지?"

"그렇겠지?"

"그렇다면 그 존재는 가능성을 가진 것만으로도 인간들의 표적이 되는 건데 그렇게 되면 그 존재는 많이 화가 나겠지? 어쨌든 먼저 인간이 전쟁을 걸어 버린다면 말이야. 그런 위험한 존재를 봤으니 혹시나 싶은 마음에 죽이겠다고 설레발을 치는 거잖아."

"아마도?"

"결국 양측이 싸워서 그 존재가 소멸해 버렸어. 인간들은 안심하겠지? 그게 추악한 일이든 그렇지 않은 일이든."

"당연하겠지."

"그런데 거기서 반전이 일어난다면? 사실 그 존재가 나타났다는 걸 알린 모종의 누군가가 있다면? 그래서 인간들이 먼저 가능성 있는 그 존재를 치도록 유인한 거라면 어떨까?"

"유인했다고? 무엇을 위해?"

"인간의 파멸을 위해. 인간이 전부 궐기해서 일어날 만한 일은 몇 되지 않아. 그 중 가장 확실한 방법은 인류 멸망을 담당할 가능성이 있는 존재를 알리는 것이겠지. 그럼 인간들은 합심해서 그 존재를 죽이기 위해 단체로 일어날 거야. 그런데 만약 그 존재가 소멸되는 즉시 인류 멸망의 시발점이 된다면?"

"말 그대로 인간들이 자기 손으로 멸망을 앞당기게 되는 거로군."

"그렇지. 설령 그 존재가 진짜 가능성을 가졌든, 그렇지 않든 이건 외통수라 이거야. 욕심 많은 인간들이 움직일 수밖에 없잖아?"

"왜? 차라리 자기 손으로 직접 멸망시키지 않고? 굳이 그렇게 머리를 굴려 가면서 인간들을 조종해야만 하는 거야?"

"배후를 조종하는 누군가를 감시하는 눈길 때문이라고 치자고. 어쨌든 그렇게 되었어. 그런데 거기서 또 하나의 반전을 탄생시키는 거야."

"무슨 반전?"

"사실 배후를 조종하는 존재는 인간들을 멸망시키는 게 목적이 아니라 타락시키는 게 목적이라는 거지. 신의 섭리를 부정하고 신의 탄생물을 어지럽히는 고약한 의도가 있었던 거야. 하지만 배후를 조종하는 존재를 감시하는 또 다른 누군가는 그의 생각을 꿰뚫어 본 거지. 인간들이 타락하여 영원한 패악에 들어선다면 그 또 다른 누군가는 견딜 수가 없어. 그래서 차라리……."

"차라리?"

"인간들을 멸망시켜 버리는 거야. 전체가 타락하여 구정물이 될 바에야 애초에 지워 버리는 거지. 더러워진 걸 정화시키는 것보다 깨끗하게 없어진 후 다시 만드는 게 훨씬 쉬운 건 당연한 이치니까."

"그럴 수가!"

"하지만 배후를 조종하는 자를 감시하는 감시자는 애초에 인류를 멸망시키는 게 마음에 들지도 않았어. 그래서 구정물을 정화시킬 장치 하나를 기어코 만들어 내 버린 거야. 만약 그 장치가 장치로써의 역할을 제대로 수행하지 못하면 결국 인간은 멸망하겠지만, 만약 제대로 수행한다면 인간은 타락하지도, 멸망하지도 않게 되는 거야. 당분간이라해도."

"흥미로운데?"

　"흥미롭지? 자, 그럼 어떻게 될까? 인간의 타락을 보고 싶어 하는 배후 조종자와 그를 감시하는 감시자와의 싸움. 결과는 어떻게 내는 게 흥미로울까?"

　"글쎄. 아무래도 타락시키는 쪽이 나쁜 거니까 감시자에게 유리하도록 한 표를 던지고 싶은걸?"

　"그렇지? 그럼 하나를 더 추가하자."

　"뭘?"

　"하나의 장치 이외에, 다른 하나의 장치를 더해 주는 거야."

"무슨 장치?"

"인류 멸망의 시작점이 될 존재와 배후 조종자와의 관계에서 중요한 조연 하나를 등장시키는 거지. 물론 그렇게 하면 너무 감시자 쪽으로 치우치는 것 같으니까, 조연의 방향은 알아서 뻗어 나가도록 놔두는 게 어때?"

—빛과 어둠의 대화—

세상이 미쳐 돌아가기 시작했다.

적어도 광한수림이 작지만 또 다른 하나의 세계
라면, 분명 지금의 광한수림은 멸망의 한 길로 들
어서는 중이었다.

피와 살육, 광란에 젖은 표현하지 못할 괴수들의
싸움은 이미 도를 넘어서 무차별적인 파괴를 향해
달려가고 있었다.

숲에서 가장 지성 있는 괴물들이었던 광신자들
대부분이 생명을 잃었고, 그 수만큼의 크고 육중한
나무들이 상처 입었다.

생채기가 나고 옅은 진액의 피를 흘리는 나무들은 소리 없는 포효로 고통에 몸부림쳤다.

그들 가운데에 학살을 자행하는 괴수들이 있었다.

생물의 몸에 절대로 새겨지지 않을 알록달록한 색깔을 몸에 담은 거대한 사자와, 희미한 빛깔로 파괴의 화신임을 증명하는 광포한 거대 호랑이는 이미 제정신이 아닌 듯했다.

오십에 불과한 숫자이긴 하나, 워낙 몸체가 크고 압도적인 위압감을 자랑하는지라 세상에 다시 없을 대군처럼 보이는 그 괴물의 무리들은 공격할 상대를 찾지 못해 아군마저도 상처 입히기에 이르렀다.

피 냄새에 취하고, 신음하는 나무들을 보다 못해 미친 괴수들.

그들은 서로를 공격하며 포효했다.

이제껏 세상에 나타난 이후로 이토록 많은 수의 두 괴수 집단이 모인 적이 없었고, 결국 그들은 냉정한 이성으로 숲을 관리했던 이전의 모습을 잃은 채 광란의 살육을 벌였다.

호랑이가 호랑이를 공격하고, 호랑이가 사자를 공격했다. 사자가 사자를 공격했고, 동시에 사자가 호랑이를 공격했다.

아직 미치지 않은 괴수들은 중간에서 말리고자 발톱을 세웠지만, 미친 사람이 세상에서 가장 까다롭다는 증명된 살벌함을 괴수들이라고 피해 갈 수는 없었다.

그렇게 신화 속에서나 보일 법한 광기는 한 시간이 지나도 멈출 기미를 보이지 않았다.

대지는 진동하고 피비린내는 사방으로 뻗어 나갔다.

삶과 죽음의 교차, 잔인한 이빨과 발톱의 무기로 세계를 위협하는 그들의 모습은 어떤 예술가의 기이한 화풍으로도 그려 내기 어려운 압도적인 광경이었다.

그리고 그들 가운데에 마침내 하나의 이질적인 존재가 재차 나타났다.

몸체의 크기로만 따지자면 이미 산신 호랑이와 무지개 사자조차 비교가 되지 않을 만큼 거대했던 존재는 육중한 꼬리와 이빨을 내세워 순식간에 두 마리의 무지개 사자를 죽였다.

공동의 적이 나타난 것이다.

하지만 미친 괴수들은 공동의 적이 아닌 또 다른 적이라 판단하는 어리석은 생각을 했고, 결국 피비린내 나는 싸움은 더욱 장기화될 기미를 보였다.

세상 대부분의 사람들은 모르는 괴수들의 전투.

광한수림의 대지는 더욱 더 깊은 떨림을 맞이했다.

‡　　‡　　‡

몰란덱은 바한을 힐끗 살피면서도 말을 잇지 못했다.

푸른색의 눈을 빛내며 사방을 살피는 바한은 이전과 전혀 다른 분위기를 뽐내고 있었다.

그것은 딱히 말로 표현하기 어려운 위화감이었

는데, 어느 하나의 감각으로 판단할 수 없는 오묘함이었다.

그 오묘한 감정들 중 하나에 친근감이 있다는 게 놀랍다면 놀라운 일이었다.

몰란덱은 스스로의 근본을 알지 못한 채, 바한을 보며 굉장한 위엄과 편안함을 동시에 느꼈다.

네 명으로 모여진 복수신의 편린들 중 유일하게 영혼의 침범을 받지 않은 이가 몰란덱이었기에, 그는 그 스스로도 자신의 감정을 제대로 바라보기 힘들었다.

바한의 행동은 거침이 없었다.

이전보다 훨씬 산뜻하게 달리고, 땀조차 흘리지 않았다.

숨소리도 안정감이 있게, 손에 쥔 창도 무겁지 않은 듯 마치 삭정이를 든 것처럼 가뿐해 보이기까지 했다.

옆에서 달리는 회색늑대 역시 마찬가지.

훨씬 흉포한 야수성을 띄었음에도 무감각한 느낌이었다.

몰란덱은 당혹스러웠다.

몇 분 되지도 않는 시간에 바뀐 바한과 회색늑대
의 모습은 도무지 익숙해지지 않는 낯설음과 더할
나위 없는 편안함, 모순적인 감각을 그에게 선물했
다.

'무슨 일이지?'

심지어 바한은 앞을 가로막는 나무를 부수면서
까지 달려갔다.

죽은 나무도 아니고, 아직 생생하게 살아난 나무
들을 모조리 찌르고 쳐 내며 부수었다.

간단한 손짓에 나무가 부러질 듯 흔들리는 것도
엄청나다 하겠다.

그러나 그 무위의 대단함을 생각하기 이전에 몰
란덱은 기겁했다.

"바한!"

"왜 그러십니까?"

"살아 있는 나무에게 생채기를 내다니, 미친 거
요?"

"괜찮습니다. 어차피 이제는 마지막이니까요."

"마지막이라니?"

"어차피 저쪽 산신 호랑이와 무지개 사자 군단

은 자기들끼리 미쳐 날뛰고 있습니다. 이제는 거리
낄 것이 없다는 의미입니다. 또 다른 괴수들이 우
리를 찾으려 해도, 워낙 저쪽의 피해와 전투가 심
각해서 우리에게 신경조차 쓰지 않을 겁니다."

나름 일리가 있는 말이었지만 몰란덱은 바한이
묘하게 변명을 하고 있다는 생각이 들었다.

굳이 그런 말을 할 필요가 있을까 싶었지만,
이런 말이라도 없었다면 수긍하기 어려운 기묘한
느낌이랄까.

더군다나 일단 바한의 말투와 행동에서 나오는
감정의 일치감이라는 게 보이지가 않았다.

나무를 뚫고 치는 바한의 손놀림은 거리낄 것 없
다는 느낌이 아니라 그저 부수고 싶은 감정, 파괴
충동이 적나라하게 드러났기 때문이다.

하지만 그는 더 이상 묻지 않았다.

비록 이전과 다른 분위기를 띠는 바한이었지만
몰란덱은 한 번 믿은 사람은 죽어서도 믿는 성격이
었다.

그렇게 얼마나 달렸을까.

마침내 둘은 지금껏 보지 못했던 거대한 나무에

도달했다.

높이는 광한수림에 존재하는 여느 나무들과 비슷했지만 그 너비가 엄청났다.

몰란덱 정도의 덩치를 자랑하는 거인 서른 명이 모여도 다 안을 수 없을 만큼 대단한 굵기였다.

어딘지 모르게 신성하다는 느낌을 주는 나무이기도 했다.

그리고 그 거대한 나무의 주변에는 떨어진 낙엽들이 즐비했다.

과장을 조금 보탠다면 정말 산처럼 쌓인 낙엽들을 평평하게 뻗어 놓은 것만 같았다. 그 너비만 반경 수십 미터에 이르렀으니.

바한은 낙엽의 앞에 멈추며 말했다.

"이곳에 부활화가 있을 확률이 높습니다."

"이곳에 말이오? 물론 대단히 신성해 보이는 나무이기는 하오만……."

"숲이 외치고 있습니다. 세상 전부의 식물을 만든 신이 이곳에서 태동할 것이라 말합니다. 분명합니다. 이곳에서 부활화가 탄생할 것입니다."

"하지만 그 부활화라는 것이 언제 어떻게 필지

알고 그러시오? 부활화가 개화할 시기를 우리는 정확하게 모르잖소?"

"부활화는 대략 삼 일에서 사 일, 많게는 일주일 정도 피다가 지기를 반복합니다. 다행히 우리가 늦지는 않은 듯합니다. 이렇게 거칠게 우는 숲은 오랜만입니다. 아마도 오늘이 부활화의 첫 개화가 아닌가 싶습니다."

부활화가 며칠에 걸쳐 핀다는 소리를 몰란덱은 처음 들었다.

그는 의아한 눈으로 바한을 바라보았지만, 바한은 여전히 부활화를 찾기 위해서 눈을 치떴다.

몰란덱은 이번에도 물음을 거두었다.

이상하게 뭔가 각성한 듯한 바한을 본 이후 몰란덱은 그에게 중요한 뭔가를 꼬치꼬치 캐묻기가 힘들었다.

하지만 하나는 물어야 할 것이다.

"만약 부활화가 그렇게 며칠 동안 핀다면 하나만 밟아서 임무가 완수될 리가 없지 않겠소? 보이는 족족 다 뽑아 버려야 하는 거 아니겠소?"

"부활화는 신성이 트인 꽃입니다. 신의 다른 이

름이라고도 할 수 있겠습니다. 피고 지는 순간 다른 곳으로 영성이 전이가 됩니다. 즉, 피어날 때 뽑아서 소멸시키면 영성도 죽어 결국 부활화라는 존재 자체도 사라지게 됩니다. 식물의 신으로서 겪게 되는 종결이지요."

이것 역시 처음 듣는 이야기였다.

물어본 것이 아니라면 굳이 답변하지 않는 바한의 성격을 잘 아는 몰란덱이었지만, 그 외에 중요하다고 생각되는 말들 역시 친절하게 설명했던 이전의 그를 생각하자면 지금에서야 이런 정보를 주는 것도 영 이상했다.

물론 몰란덱은 더 이상 물어보지 않았다.

서로 극과 극의 지점에서 천천히 낙엽을 치워 가며 살피기 시작한 바한과 몰란덱의 작업은 반 시간이 넘도록 계속되었다.

워낙 넓은 공간이었고, 더군다나 지진에 가까운 울림 때문에 멀쩡히 두 발을 딛고 서 있기도 힘들 지경이었다.

그건 최강의 전사라는 몰란덱이나 각성을 한 바한도 마찬가지였다.

몰란덱은 그 호랑이 같은 눈을 더욱 크게 떴다.

워낙 어두웠지만 뚫고 들어오는 달빛 덕택에 그럭저럭 사물을 분간하는 데에 어려움은 없었다.

'드디어…….'

그의 눈동자는 미지의 뭔가에 대한 호기심과 임무의 마지막 단계에 왔다는 불안한 희열에 이를 악물었다.

부활화만 뽑아서 밟아 내면, 그렇게만 된다면 임무는 완성이 될 것이고 결과적으로 전 인류도 무사하게 될 것이다.

인류를 구한다는 사명감과 책임감은 있었어도 그것으로 얻게 될 명성에는 한 점의 욕심을 기울이지 않았던 몰란덱이었다.

실제로 지금도 그러했다.

그는 그저 어서 빨리 임무를 완수하고 싶은 생각뿐이었다.

하지만 확실히, 전무후무한 임무를 달성케 되는 순간에서의 희열은 감추기 어려웠다.

공명심과는 다른 이유의 희열이라고 할 수 있겠다.

그리고 마침내 반 시간이 더 지난 후.

회색늑대가 하늘을 보며 거세게 울었다. 늑대의 울음, 흔히들 생각하는 그 범주를 넘어선 우렁찬 신의 포효였다.

몰란덱은 괜스레 오싹해져 회색늑대를 바라보았다.

네 다리를 바닥에 박은 채 달빛을 보며 짖는 회색늑대의 울음은 슬픔과 기쁨이 공존하는 모순적 감정으로 회오리쳤다.

몰란덱은 가슴이 진탕되는 걸 느꼈다. 어딘지 아련하면서도 소름이 돋는 울음이었다.

바한과 몰란덱이 재빨리 늑대가 있는 곳으로 달려 나갔다.

그리고 그들은 보고야 말았다.

아주 미약한, 지극히 미약한 빛깔을 의복처럼 입었지만, 결코 생명체의 몸에 새겨지지 않을 형용할 수 없는 색깔의 싹을 본 것이다.

몰란덱의 눈동자는 찢어질 듯 커졌고, 반대로 바한의 눈동자는 더욱 깊은 푸름, 어둠에 가까운 푸른색으로 가라앉았다.

"부활화의 싹입니다."

‡   ‡   ‡

무지개 사자의 일곱 빛깔과는 달랐다.

그 역시 생명체의 몸에 절대로 한 번에 새겨지지 않을 색깔이었지만, 부활화의 싹에서 피어나는 은은한 색깔은 근본부터가 다른 느낌이었다.

몰란덱은 저절로 무릎을 꿇고 싶다는 생각이 들었다.

존재 자체의 위엄이 거기에 있었다.

꿇고 고개를 조아리고 싶다.

등에 건 도끼를 내려놓고 두 손 모아 경배하고 싶었다.

이 신성함, 압도적인 위엄.

한낱 식물의 싹에서 느낄 수 없는 빛깔이자 분위기였다.

건드려서는 안 될, 보는 것만으로도 황홀하여 불

순한 마음을 품을 수 없는 그런 생물이었다.

너무도 고귀하면서 동시에 지나치게 평범해 보이기도 하는 식물의 싹.

몰란덱은 결국 쭈그리고 앉아 홀린 듯이 싹을 보았다.

바한이 손으로 그를 제지했다.

"아직은 안 됩니다."

자신도 모르게 손을 뻗었던 몰란덱이 움찔했다.

"완전하게 개화되지 않는 부활화를 건드리면 다시 영성이 전이가 되어 하루를 더 기다려야 합니다. 시간의 촉박함도 촉박함이지만 그것과 상관이 없더라도 굳이 하루의 시간을 더 뺄 필요는 없지 않을까 생각합니다."

"그, 그렇소?"

말을 더듬었지만 몰란덱의 시선은 도무지 부활화의 싹에서 떨어질 줄을 몰랐다.

역사를 뒤져 봐도 부활화를 눈으로 본 사람이 얼마나 될까?

바한은 그렇다 쳐도 최소한 다섯 손가락 안에

꼽힐 것이다.

그 다섯 손가락 안에 자신이 들어갔다는 사실에 몰란덱은 짜릿한 기쁨과 가슴 저린 공포를 느꼈다.

바한이 각성을 한 뒤 놀라우리만치 많은 감정과 감각을 느끼는 몰란덱이었다.

평범한 사람들이었으면 미쳤다 생각될 정도의 전이성 빠른 감정의 동요.

그것을 용케도 참은 몰란덱의 정력은 정녕 대단한 수준이었다.

바한은 그런 몰란덱을 보며 눈을 빛냈다.

'부활화를 보면서도 정신을 잃지 않는다.'

부활화를 지금까지 본 사람들 중 왜 그것을 취하려던 사람이 없었을까? 불로불사가 싫어서? 아니면 뭔가 건드려서는 안 될 분위기 때문에?

그것이 아니었다.

평범한 사람이 부활화를 보게 되면 그 강렬한 신성과 빛깔 때문에 정신을 차리지 못한다.

짧으면 십 초도 되지 않아서, 길어도 몇 분 안에 정신을 잃고 쓰러진다.

그래서 부활화를 취하는 것 자체가 거의 불가능에 가까운 것이다.

설령 그 모든 유혹을 이겨 내고 취한다 하더라도 손에 닿는 순간 인간으로서의 이성과 본능의 경계가 무너진다.

괜히 부활화가 신의 선물이자, 악의라고 불리는 게 아니다.

몰란덱은 부활화에 홀린 것 같으면서도 용케 참아 내고 있었다.

아니, 스스로 참는다는 인식조차 하지 못하는 듯했다.

이것은 정신력으로도 표현할 문제가 아니었다.

무의식이 지배하는 영역의 문제였다.

그의 정력은 정말 말도 표현하기 힘든 수준이라고 할 수 있었다.

바한은 참란된 창을 바닥에 꽂고 부활화의 앞에 앉았다.

"개화할 때까지 기다려야 합니다. 몰란덱, 마음을 편히 하십시오. 잘 버티겠지만, 까딱 잘못하면 정신을 잃을 수도 있습니다."

몰란덱이 홀린 눈으로 바한을 바라보다가 이내 뭔가를 깨달은 듯 고개를 끄덕였다. 그리곤 정좌한 채 눈을 감고 팔짱을 꼈다.

이미 이전의 자신은 잊고 평범한 정신 상태를 유지하기 위해 마음을 비우고 있는 모양이다.

바한은 다시 한 번 감탄했다.

보면 볼수록 몰란덱은 보통 사람이 아니었다.

물론 태생적으로 반쯤 복수신의 영향을 받아 남다르게 컸다지만, 그것이 정신을 통째로 뒤흔들 정도의 영향을 주지는 않았을 것이다.

지금까지 그가 버틴 것은, 육체의 영향도 컸지만 그만큼 그의 정신력이 철벽처럼 단단하다는 걸 의미한다.

하지만 바한의 관심은 거기서 끊겼다.

그의 고개가 저 보이지 않는 곳으로 향했다.

지진이 점점 줄어들고 있었다.

아주 미약하지만 천천히 줄어드는 느낌이 있다.

그것은 무엇을 뜻하는 것일까?

'전투가 막바지에 이르렀다?'

산신 호랑이와 무지개 사자들이 합공으로 광신자들의

대부분이 전멸을 금치 못했다.

그것은 바한의 기억이 이전보다 훨씬 명료하게 들어찬 것.

즉, 각성을 한 탓으로 알 수 있었다.

광신자들이 모두 몰살하게 되면 그는 이전의 온전한 기억을 모두 찾고 능력마저도 찾을 수 있을 것이다.

아직은 모두 몰살한 게 아니다.

더군다나 가장 큰 열쇠 하나는 봉인을 풀지 못했다.

'대사제.'

지금의 바한은 온전한 복수신의 모든 기억과 능력을 이어받았다.

하지만 대사제가 가진 봉인은 가장 중요한 것.

그의 근본이라 할 수 있는 배신의 모든 것이 들어 있는 것이었다.

문득 바한은 불안감을 느꼈다.

모든 게 계획대로 되는 중이었다.

비록 자신이 인간으로서의 바한인지 복수신으로서의 바한인지 약간 헷갈리긴 하지만, 명백히 하나의 개체로서 사유하고 활동하고 있었다.

계획에 변동은 없다.

변동은 없는데 갑자기 가슴 속에서 스멀스멀 치고 올라오는 감정은 무얼까?

불안감과 비슷하지만 그 외에 다른 뭔가가 또 있었다.

'또 뭐가 더 있던가?'

뭐가 있지?

바한은 고개를 갸웃거렸다.

중요한 뭔가를 잊어버린 것 같았다.

대사제에게 봉인시켜 두었던 것이 찾아오지 않아서 잊은 게 아니었다.

그보다 더 가까운, 그러면서도 아주 중요한 뭔가를 그는 기억해 내지 못하고 있었다.

일단은 이 답답함을 신경 쓰지 않는 게 좋을 듯했다.

바한은 눈을 감았다.

기억이 날 거였으면 진즉에 났을 것이다.

어차피 산신 호랑이와 무지개 사자 군단에게 갔다는 것만으로도 대사제의 죽음은 기정사실.

그가 죽을 때까지 버티면 될 것이다.

그렇게 되면, 지금의 이 불안감도 무엇인지 알게 될 것이다.

그렇게 얼마나 지났을까.

부활화가 그 은은한 빛깔을 빠르게 기지개 켰다.

한순간 일어난 일.

회색늑대는 하늘을 보며 짖고, 바한과 몰란덱의 눈이 동시에 뜨였다.

애벌레가 꿈틀거리는 것처럼 부활화는 천천히 꽃잎을 벌리고 있었다.

느릿한 움직임, 하지만 식물로서 도무지 가능할 수 없는 개화의 속도였다.

꽃봉오리가 열리며 찬연한 빛을 발하는 부활화.

세상이 환해졌다.

포근해졌다.

몰란덱은 이를 악물며 쓰러지고 싶은 정신을 부여잡았다.

그는 자신의 도끼 손잡이를 잡고서야 조금 진정할 수 있었다.

전사에게 역시 무기란 가장 큰 위안이자 친구였다.

몰란덱이 바한을 바라보았다.

바한은 가만히 고개를 끄덕였다.

이제는 이 신성한 꽃을 강제로 뽑아서 해체시키면 된다는 무언의 긍정이었다.

몰란덱의 손이 천천히 부활화를 향했다.

'뜨겁다. 그리고 차가워.'

이토록 상반되는 분위기와 감각을 느끼게 하는 부활화는, 정말 인세에 다시없을 희귀한 존재였다. 몰란덱은 입술을 깨물었다.

'용서해라. 인류를 위해서 어쩔 수가 없다.'

큰 죄를 짓는 느낌이었다. 그렇지만 그는 멈추지 않았다.

그리고 이윽고 그의 큼직한 손이 부활화를 완전히 쥐게 되었다.

거대 전사의 몸이 부르르 떨렸다.

그리고 동시에 깜짝 놀랄 만한 일이 벌어졌다.

"커허헉!"

바한이 엎드려서 피를 토하기 시작했다.

한 사발이 넘는 피를 격하게 토하는 그는, 한 번의 각혈이 끝난 이후 서너 번의 각혈을 더했다.

몰란덱은 뽑은 부활화를 소중하게 두 손에 올려 놓으면서도 걱정스러운 눈으로 바한을 바라보았다.

"바한! 바한! 왜 그러시오? 괜찮은 거요?"

"쿠웨에엑!"

헛기침까지 한 바한의 눈동자는 이미 푸른색을 잃고 짙게 충혈 되어 있었다.

몰란덱은 자신도 모르게 뒤로 물러섰다.

바한의 몸에서 풍기는 분위기가 갑자기 이질적으로 변했다.

세상에서 가장 고귀한 듯, 세상에서 가장 추악한 듯, 세상에서 가장 평범한 듯, 어느 하나의 기질로 판명하기 어려운 분위기가 그에게서 울컥 뿜어져 나왔다.

그 모든 분위기는 하나로 합쳐져 스산하고 차가운 괴이함으로 다가왔다.

몰란덱은 이런 이질적인 분위기가 어떤 분위기인지 경험으로 깨우칠 수 있었다.

자신의 손으로 생산해 낸 시체들, 그리고 부득이하게 죽어 나가 이질적으로 느껴지는 죽은 자들의 향기.

죽음의 냄새.

시체에서나 풍길 법한 분위기가 바한에게서 놀라우리만치 확실하게 풍겨 나왔다.

"바한!"

"크으으."

핏물과 침으로 범벅이 된 괴상한 액체가 바한의 입에서 흘러나왔다.

그는 핏줄이 터져 피눈물이 흐르는 눈으로 하늘을 올려다보았다.

기괴한 분위기였다.

흡혈귀, 요괴인 쿨리아도 이처럼 광기 어린 분위기를 연출시키지 못했다.

‡   ‡   ‡

회색늑대의 강렬한 울음은 바한의 패악, 무도, 추악의 광기를 부추겼다. 바한의 몸은 사정없이 떨려 왔고, 불신의 눈으로 울었다.

이런 강렬한 감정의 전이는 몰란덱으로서도 느껴 본 적이 없었기에 우리의 거대한 전사조차 뒷걸음질을 쳤다.

바한은 믿을 수 없었다.

이 초월적인, 세상에서 존재하지 않아야 할 절대적 감각이 그를 무섭도록 옥죄어 왔다.

과거, 단 한 번 보았던 세계 역사를 통틀어 가장 위대했던 존재 중 하나.

자연과의 조화를 중시하고 희망과 애정으로 충만했던 세상을 만들기 위해 온몸을 불살랐던 그가 무덤에서 몸을 일으키고 있는 것이다.

바한은 하늘을 보며 포효했다.

"석양의 환희! 고대의 선왕이여, 어째서 당신이!"

바한의 눈동자가 무섭도록 떨렸다.

그때…….

저 멀리 어디선가 땅을 뚫고 올라오는 거대한 존재가 있었다.

천 년이 넘어가는 시간 동안 잠을 자고 있었던 자.

귀신과 함께 세상의 평화를 도모하고 실제로 행하기까지 했던, 세계에서 가장 완벽했던 융화의 존재.

인간들의 탐욕과 배신에도 기쁘게 웃으며 죽어갈 수 있었던 희망과 지혜의 상징.

고대 선왕이 마침내 무덤 속에서 몸을 일으켰다.

‡   ‡   ‡

아무르는 깜짝 놀라서 발을 헛디뎠다.

거칠게 넘어져 무릎에 상처가 났지만 그녀는 아픔을 느낄 새가 없었다. 그녀의 시선이 본능적으로 남향을 향했다.

그녀만이 아니었다.

광한수림에 거했던 모든 사람들, 모든 존재들의 시선이 한곳으로 모아졌다.

눈으로 보이지 않고, 확실하게 들리지도 않지만, 너무나도 강렬한 존재감으로 나타난 뭔가가 그들의 시선을 잡아챘다.

아무르의 표정이 멍해졌다.

대지는 지금까지의 지진이 웬 말이냐는 듯 멀쩡해졌지만, 이 척박한 고요함은 스산함으로 다가와 소름이 돋는다.

있어서는 안 될 일이 일어난 것 같았다.

재앙의 시작.

인류 멸망의 신호탄.

인간에게 배신을 당하고, 인간에게 죽임을 당한…… 고대 가장 화려했던 존재가 일어나서 멸망을 외치고 있었다.

그때 아무르는 깨달았다.

불현듯, 이라는 말이 가장 적합할 것이다.

아무런 예고도 없이, 아무런 사전 정보도 없이, 그저 어느 날 갑자기 문득 깨닫게 되는 깨달음처럼.

그녀는 신음을 흘렸다.

"아아아아!"

대사제는 말했다.

때가 되면 네가 세상에 태어난 이유를 알 것이라고.

그리고 또 말했다.

너와 나는 극과 극에 서 있는 대립점이니, 나로 인해 네가 파멸이 될 수도, 너로 인해 내가 파멸이 될 수도 있다고.

그 의미를 아무르는 알 것 같았다.

세상이 그녀를 향해서 외치고 있었다.

그녀의 존재 이유를, 그녀가 앞으로 해야 할 일을.

그리고 지금 어떤 일이 일어나고 있는지를.

말할 수 없는 묵직한 무게감에 그녀는 전율했다.

부활화를 캐내어 망가트려 인류의 구원을 가져다준다는, 그런 임무와는 또 다른 무게감이 그녀의 어깨를 짓눌렀다.

모든 것의 근원.

신과 신이었던 존재의 싸움이 그녀의 뇌 내에 확실하게 박혀 들었다.

너무나 빠른 정보의 입력으로 그녀는 어지러움을 느꼈지만, 동시에 그동안의 사태를 또렷하게 깨달을 수 있었다.

'바한!'

바한의 진정한 정체.

산신 호랑이와 무지개 사자가 왜 광한수림을 배회하는지, 그 진실을 목도하게 된 그녀였다.

지금까지 알려지지 않았던 부활화가 왜 지금에 이르러 문제가 된 것인지, 그 사이에서 일어나게 될 일이 어느 정도의 여파를 불러일으킬 것인지 그녀는 모조리 깨달았다.

'아아아!'

운명? 숙명? 아니다. 이것은 그런 단어로 표현될 만한 일이 아니었다.

그녀와 몰란덱, 고르고가 광한수림으로 모인 것은 우연이었을까?

고작 우연이라는 단어로 지금의 사태를 설명할 수 있는 것인가?

그렇다면 지금 몸을 일으키고 있는 고대 선왕의 몸체는 어떻게 설명하게 되는 것인가?

모든 게 짜여 있는 판이었던가?

'부활화를 뽑으면 안 되었어!'

애초에 뽑으면 안 될 것이 아니라 다가가서조차

안 될 영역으로의 임무고 원정이었다. 타락을 넘어 멸망의 시작이었다.

그녀는 갑자기 구역질이 치솟아 엎드렸다.

하지만 아무리 그녀라도 하나만큼은 깨닫지 못했다.

어느 순간 그녀의 동공 역시 새파랗게 물들어 있음을 그녀는 알 수 없었다.

‡　　‡　　‡

알 수 없는 거대한 존재감이 광한수림 전체를 휘몰아치는 가운데 고르고는 그 자리에서 기절해 버렸다.

쓰러지는 고르고, 만약 달려와서 살피는 모아라와 가빌라가 그의 눈을 까뒤집었다면 그의 눈동자가 검은색과 파란색의 중간에 위치했다는 걸 알았을 것이다.

하지만 그들은 그러지 못했다.

쿨리아만이 요동치는 고르고의 분위기를 깨달았다.

'각성? 아니야. 각성은 아니로구나.'

그녀는 복잡한 심경으로 위압감이 탄생된 곳을 바라보았다.

바한의 피 덕분에 고대 표현할 수 없는 존재들의 엄청난 싸움을 알 수 있었지만, 그런 그녀로써도 지금 무슨 일이 일어나는 건지 깨닫기 힘들었다.

그녀만이 아니라 누구도 알 수 없을 것이다.

하지만 약간의 시간이 지나고 나서 쿨리아는 창백했던 안색이 더욱 창백해지는 걸 스스로도 깨닫게 되었다. 요괴라서 느낄 수 있는 감각, 이치에 따르지 않는 존재라서 깨달을 수 있는 그것.

'세상이⋯⋯?'

세계가 비틀린다.

산 자와 죽은 자의 경계가 모호해졌다.

살이 썩어 대지에 거름이 되고, 다시 무수한 생명을 창조하는 데에 도움을 주었던 무수한 사자(死者)들이 세상 모든 곳에서 살아나고 있었다.

부활화가 뽑힌 순간 세계에는 어둠이 창궐하였다.

‡   ‡   ‡

바한은 덜덜 떨리는 몸을 바로 세우고 몰란덱을 쳐다보았다.

바한을 걱정했던 몰란덱의 몸은, 어느 순간부터 진동하고 있었다.

마치 지진으로 대지의 위엄을 알리는 자연의 분노처럼, 그의 몸도 뭔가 강제적인 것이 짓눌러 폭발하는 것처럼 괴이한 진동을 연이어 터트렸다.

하지만 몰란덱의 눈동자는 파랗게 물들지 않았다.

정신과 영혼이 아닌, 육체에 새겨진 복수신의 잔여물은 그를 과거 모든 걸 깨닫도록 만들 수 없었다.

다만 그의 시선은 어딘가 불안정해졌다.

"몰란덱! 그 부활화는……!"

그리고 다시, 바한은 뭔가가 자신의 머리를 관통하는 느낌에 뒤로 벌렁 넘어졌다.

그의 눈에 하늘이 아닌 거대한 괴물이 갈기갈기 찢기는 과정이 보였다.

처절한 울음을 토해 내며 기쁨의 죽음을 맞이한 광신의 우두머리가 죽은 것이다.

'크아아아!'

귀로 들리지는 않는, 하지만 정신으로 들을 수 있는 최악의 비명이었고, 최고의 희열이기도 했다.

천 년에 달하는 인생의 마지막을 맞이하는 괴수의 외침은 마침내 하나의 몸으로 재탄생될 수 있는 부활의 신음이었다.

바한은 벌벌 떨면서 입을 떡 벌렸다.

엄청난 정보와 스산한 자아가 그를 뒤흔들었다.

바한은 온전한 자신을 깨우쳤다.

충격은 너무나도 거셌지만 몸을 세우는 건 금방이었다.

그는 한차례 머리를 짚고는 일어섰다.

'이제야 알겠군.'

저 위에 누군가의 농락이었음을 바한은 깨달았다.

왜 고대 선왕이 일어난 것인지, 왜 자신이 피를 토하면서까지 충격을 받았는지, 그리고 아까의 그 답답한 심정의 정체가 무엇인지.

'부활화를 뽑히도록 안배를 한 것은 나다. 하지만 그 틈새를 파고들었어. 부활화는 뽑히면 안 되는 거다. 이런 식으로 뒤통수를 치다니! 아니, 아니다. 아직 기회는 있다! 조금 느려지겠지만 확실한 가능성이 있어. 부서지지만 않고 다시 다른 열매로 전이가 될 수만 있다면 세상은……'

그는 몰란덱을 휙 바라보았다.

"몰란덱! 부활화를 꺾으면 안 됩니다! 다시 심을 순 없지만, 지금 당장 부활화를 내려……!"

몰란덱은 당황해서 바한과 자신의 손을 연이어 바라보았다.

바한의 눈동자가 옅은 절망감에 물들었다.

뽑히기만 했어도 가능성이 있었다.

하지만 뽑힌 부활화가 몰란덱의 강력한 악력에

의해 진액이 터지고 갈가리 뜯어져 있었다.

한때 모든 식물을 지배했던, 모든 식물의 탄생에 관여했던 신의 다른 모습을 한 존재가 불합리의 사생아의 손에 들어와 생을 마감한 것이다.

동시에 바한의 눈과 코와 귀와 입에서 시커먼 연기가 흘러나왔다.

분노한 '배신'과 '복수신'이 하나로 합쳐져 강제적으로 인간의 육체를 점거하게 된 순간이었다.

그리고 그때를 기점으로 선왕의 온전한 부활이 세상을 울렸고, 동시에 광한수림을 이루었던 모든 나무들, 내림과 외림의 경계 자체가 허물이지며 생동감 있게 스스로를 뽐내던 나무들이 일제히 썩어가며 고개를 숙였다.

숲의 종말이었다.

‡   ‡   ‡

알베르트는 입을 떡 벌렸다.

노스라토는 아버지의 얼굴을 보며 이 양반이 또 왜 이러시나, 하고 생각했지만 일 초가 채 지나기도 전에 자신 역시 아버지의 표정과 동일한 형태를 형성하게 되었음을 깨달았다.

두 부자의 눈앞에 거대한 존재가 모습을 드러냈다.

갑자기 썩어서 시커먼 색깔로 변모한 나무들은 눈에 들어오지도 않았다.

생기와 수분이 빠져서 말라비틀어진 나무들을 모조리 부수며 나타난 존재는 세상의 종말에서나 볼 법한 흉악한 괴수의 모습 그 자체였다.

상상으로만 생각했던, 일부 그림으로만 남았던, 그림과 더없이 비슷한, 그렇지만 더없이 비슷한 그림과 비교할 수 없는 강렬함으로 세상을 향해 포효하는 괴이한 존재가 있었다.

온몸이 붉은 비늘로 가득 찬 괴수가 수백 그루의 나무들을 박살 내며 몸을 세웠다.

붉은 비늘을 가졌지만, 개중에는 썩고 떨어져 나간 부분도 많았다.

몸의 절반 이상이 부패해서 차마 바라보기조차

끔직한 모양새를 한 그것은 분명 '용'이었다.

용.

인간이 세상을 지배하기 이전에 세상, 즉, 고대 나라를 일으켜 귀신들과 함께 덕과 희망으로 통치했던 완전한 존재.

하지만 누가 있어서 지금 모습을 드러낸 용을 완전한 존재라고 할 수 있을 것인가.

족히 삼십여 미터는 될 것만 같은 기다란 목과 그 끝에서 입을 쩍 벌리는 주둥이.

몸체 역시 길이만 치자면 목의 길이와 비슷한 정도였지만, 두께는 비교할 수 없이 크고 넓었다.

비록 썩어서 부패했지만, 강인한 근육과 비늘로 이루어진 몸체 밑으로는 네 개의 거대한 다리가 존재했다.

엉덩이 부분, 한 번 휘두르면 설령 살아 있는 광한수림의 거대 나무라 할지라도 수십 그루를 단박에 초토화시킬 수 있을 것 같은 두께와 길이를 자랑하는 꼬리 역시 위압감의 절정이었다.

머리끝에서부터 발끝까지, 백 미터가 넘어가는

엄청난 길이를 한 괴수가 나타났다.

등 부분에 접힌 날개는 접혀 있음에도 지닌바 몸체 세 개는 덮을 정도로 거대했고, 뼈의 일부와 지금도 썩어가 고스란히 드러난 근육을 적나라하게 보여 주었다.

반쯤은 썩은, 하지만 더없이 강렬한 모습을 한 일대 괴수.

자신이 묻힌 무덤에 씨를 발아시켜서 스스로 무덤을 만들어 낸 희대의 완전체.

최후의 용이자, 고대 마지막 왕이 하늘을 향해 주둥이를 쩍 벌렸다.

"......!"

너무나 거센 울음이었기에 어떤 소리가 울리는지 자각할 수가 없었다.

알베르토와 노스라토는 발작적으로 귀를 막았지만, 그대로 쓰러졌다.

정신을 잃을 정도는 아니었으나 중심을 잡을 수 없을 정도로, 용의 포효는 온몸을 진동시키는 괴이쩍은 힘이 있었다.

알베르토는 확신했다.

설령 눈앞에서 이제는 사라진 산신 호랑이나 무지개 사자가 나타난다 할지라도 놀라지 않을 것이라고.

이미 상식으로 받아들일 수 없는, 죽었던 존재의 부활을 목도했고, 동시에 목도한 그 대상의 외관과 위압감은 어느 물체, 어느 존재에 비할 수 없을 정도로 강렬했다.

그 앞에서라면 신화 속에 두 거대 괴수라 할지라도 강아지나 마찬가지이리라.

그리고 하나를 더 확신했다.

'죽어도 여한이 없겠다!'

보는 순간 깨닫게 된다, 저 용의 존재는.

왜 지금 이 순간 나타나게 되었는지 모르고, 지금 눈으로 보는 광경이 실제인지 환상인지조차 분간이 가질 않았지만…… 알베르트는 당장 죽어도 만족할 것 같았다.

세상에 시체로 썩어 문드러져야 할 고대의 존재가 모습을 드러낸 것만큼 더 큰 사건이 어디에 있겠는가.

부활의 광경을 목격한 것이다.

알베르트의 눈동자는 그 몸의 떨림과는 반대로 지극한 희열로 인해 흔들렸다.

"노, 노스라토! 봤느냐? 지금 우리는 전설로 회자가 될 광경을 보고 있는 거다!"

"아, 아버지! 일단 몸을 피하시죠!"

"시끄럽다! 무엇을 피한단 말이야! 내 당장 죽어도 이곳에서 한 발자국 움직이지 않을 것이다!"

"그러다가 죽어요, 아버지!"

"죽어도 상관이 없다! 세상 누가 있어 이러한 광경을 볼 수 있겠느냔 말이다! 부활한 고대 선왕이 있다! 이런 꿈같은 광경을 너는 정녕 놓치고 싶단 말이냐?!"

놓치고 싶지 않다.

아이러니하게도 노스라토는 그렇게 느꼈다.

핏줄은 속일 수 없는 것이다.

지극한 호기심과 탐구심으로 세상을 향해 눈을 돌렸던 알베르토의 아들 노스라토는 목숨의 위협으로 인한 공포에 몸을 떨면서도 동시에 이 꿈결만 같은 광경을 계속 보고 싶다는 욕구 또한 무시하지 못했다.

하지만 마냥 예술과 신비에 목숨을 건 아버지와 달리 그는 그래도 현실적으로 시선을 돌릴 미약한 판단력이나마 갖춘 사람이었다.

그는 속으로 알베르트를 향해 사과하며 냅다 그를 어깨에 들쳐 메었다.

"야! 야! 지금 뭐하는 짓이야! 이거 안 놔?!"

"그러다가 죽는다니까요, 아버지! 워낙 크니까 좀 멀리서 봐도 다 보일 거예요. 알겠습니까? 지금은 아들 말 좀 들으시라고요!"

"시끄러워! 얼른 이거 안 놔?!"

애초에 육체적인 완력으로는 아무리 아버지인 알베르토라도 노스라토의 상대가 될 수는 없었다.

하지만 거의 광기에 가까운 희열에 젖은 알베르토의 힘은, 미친 사람이 가장 힘이 세다는 격언과 같이 평소 이상의 강력한 역동성을 자랑했다.

노스라토는 허리가 다 휘청거렸지만, 이곳에서 아버지를 잃을 수 없다는 생각에 혼신의 힘을 다해 발을 놀렸다.

그러나 알베르트에게는 다행히도, 노스라토에게
는 절망스럽게도 둘의 발걸음은 거기서 멈추어야
만 했다.

반쯤 썩어서 부패한 용의 머리가 예일가의 가주
와 가주 아들을 향했기 때문이다.

—이리 와!

목소리가 들린 것은 아니었다.

그렇다고 문자로 쓴 것은 아니었다.

이것은 말 그대로 의지의 발현. 머리와 머리의
대화였다.

그저 바라보고 의지를 상대방에게 전하는, 설
명할 수 없는 대화 방식. 그것이 용의 의지였기
에 지극한 강렬함과 항거할 수 없는 위엄으로 다
가온다.

노스라토는 다리에 힘이 풀려 풀썩 주저앉았고,
알베르토는 엉금엉금 기어서 용을 향해 얼굴을 올
렸다.

용은 보석처럼 영롱한 눈빛을 두 사람을 향해 찍
었다.

—죽음을 두려워하지 않는 자. 애초에 신경을

쓰지 않는 것도, 애써 무시하는 것도 아닌, 그저 자신이 맹목적으로 추구하는 바를 위해 끊임없이 달려가기 위한 광기의 추격자. 너는 실로 그러한 인간이구나.

알베르토는 자신도 모르게 고개를 끄덕였다. 그래야만 할 것 같았다.

용의 의지는 다시 알베르토에게 향했다.

—삶을 살아감에 있어 죽음을 염두에 주지 않는 자라면 생존의 욕구가 필수인 생물에게 어울리지 않는 바라고 할 수 있겠지. 너는 이치에 반하는 자임과 동시에 너무나도 인간다운 인간이구나.

알베르토는 홀린 듯 입을 열어 대답했다.

"그렇습니다."

—너는 내가 누구인지 알고 있는가?

"정확하진 않지만 추측은 가능합니다. 혹시 고대 마지막 국가의 통치를 하셨던 선왕, 문서로도 남지 않은, 머나먼 그 시절의 최고 권력가가 아니십니까?"

—맞기도 틀리기도 하다. 하지만 네가 무엇을 말하고자 하는지 알겠군. 그런데 이상해. 나는 내

가 누구인지 정확하게 판단하기가 힘들다. 나는 어찌하여 지금 이 자리에 있는…….

순간 용의 시선이 휙 틀어졌다. 워낙 길고 거대한 목이라 한 번 고개를 돌리는 것만으로도 태풍이 분 것처럼 거센 바람이 사위를 휩쓸었다.

—부활? 나와 같은 자?

저 멀리서 가히 짐승 이상의 속도로 돌진하기를 주저하지 않는 미지의 존재를, 용은 느꼈다.

스스로를 정확하게 바라볼 수 없는 썩은 용의 재현.

그는 하늘을 향해 거센 포효를 내지르며 접은 날개를 활짝 폈다.

촤르르르륵!

두 개의 거대한 날개가 펴지자 주변으로 다시 한 번 태풍이 불었다.

단순한 태풍이 아닌, 인공적으로 만들어진 재해와 다를 바 없었다.

더군다나 그 크기란, 한쪽 날개의 끝과 다른 쪽 날개의 끝까지의 길이가 몸체 길이의 두 배에 달하는지라 위압감은 커지기만 했다.

알베르토와 노스라토는 한없이 작아지는 스스로의 존재감에 고개조차 들기 어려운 기분이었다.

수분이 말라서 아예 무게감조차 느껴지지 않을 것 같은 나무들이 용의 날갯짓 한 번에 와르르 무너졌다.

수백을 넘어 수천 그루의 나무들이 용 주변부터 시작해 사방으로 뻗어 나갔다.

만인이 경배할 만한 위엄과 스산한 시체의 이질감이 광한수림 전체를 덮어 갔다.

펄럭.

한 번 그리고 두 번…… 그리고 세 번까지.

수를 더해만 가는 날갯짓에 알베르토와 노스라토는 뒤로 벌렁벌렁 넘어져 이내 날아가는 수준으로 멀어져만 갔다.

용의 날갯짓은 이제 보이지 않을 정도로 거세어졌고, 무겁고 거대한 용의 몸체가 서서히, 아주 서서히 하늘을 향해 떠올랐다.

용의 비행이었다.

광한수림만이 아닌 전 세계 모든 사람들이 볼 수 있을 정도로 강렬한 존재감과 몸체를 알린 용은 이

내 자신의 분신과도 같은 누군가가 달려오는 방향을 향해 나아갔다.

부활한 고대 선왕, 그리고 그 이전에 부활했던 무하나비의 접점은 생각보다 멀지 않았다.

‡　　　‡　　　‡

모아라는 갑자기 툭 튀어나온 아무르를 보며 감격에 차서 다가가다가 멈추었다.

"아무르……?"

다시 나타난 아무르는 어딘가 많이 달랐다.

분위기가 그랬고 눈빛이 그랬다.

특히 재치로 빛나던 그녀의 눈동자는 파랗게 빛나고 있었다.

더할 나위 없는 광채가 새겨진 그녀의 눈.

감히 판단하기 어려운 위엄과 서글픔으로 가득하다.

가빌라는 입을 꾹 다물고, 쿨리아는 고르고를 곱

게 누이고 아무르에게 다가갔다.

두 여인의 눈빛이 교차한다.

먼저 입을 연 것은 아무르였다.

"우리는 이동해야만 해요."

쿨리아는 잠시 대답을 유보했다.

그녀의 머리는 맹렬하게 돌아가고 있었다.

'각성을 했다. 자연의 대리자로서, 복수신의 한을 풀 결정적인 단서로서 각자가 되었다.'

바한의 피로 전이가 된 지식으로 인해 쿨리아 역시 대강의 사정은 파악하고 있었다. 그녀는 요사스러운 눈을 더욱 빛내며 아무르를 바라보다가 말했다.

"어디로 이동한다는 거지?"

"바한에게로요. 그 이후에 광한수림을 나가야 해요."

"깨달은 건가?"

"알고 있었나요?"

"대인의 피를 정기적으로 섭취한 게 나야. 일부러 외면하려 해도 외면할 수가 없었어. 그분이 피는 신성하니까."

제삼자의 입장에서는 도통 알 수가 없는 이야기
였다.

모아라와 가빌라는 궁금했지만 궁금증을 입에
담을 정도로 멍청하진 않았다.

이 기괴한 대화는 누군가가 끼어들 틈을 주지 않
았다.

"만약 대인에게 간다면 너는 어떻게 할 거지?"

"말려야죠."

"대인은 이미 완전하게 스스로의 존재를 찾으
셨어. 그런 대인을 네가 막을 수 있다는 거야?
태초의 시작부터 존재하셨던 그분의 신성을 네가
감당할 수 있다는 건가? 반쪽짜리 복수신의 몸으
로?"

"해 봐야죠."

"어리석어. 가능할 것 같아?"

"이대로 놔두면 세상이 멸망해요. 인류의 멸망
을 넘어서 신과 신의 싸움이 시작될 거예요. 나는
그걸 막아야만 해요. 결과가 어찌 되었든 그래야만
해요."

"그게 네 존재 이유니까?"

"존재 이유임과 동시에 내 의지이기도 하니까
요."

쿨리아는 살짝 웃었다.

"사람을 제대로 봤군. 대사제에게 말은 들었
나?"

"만약 대사제가 아니었다면 깨닫는 게 늦었을
거예요. 이제 대화는 여기서 마무리하기로 하죠.
바한을 찾아야 해요. 이미 부활화는 꺾였을 테고,
땅에 묻힌 백골들과 원한이 일어서서 인류를 향해
전쟁을 선포할 겁니다."

"부디 네가 막을 수 있었으면 좋겠어."

"당신이 나에게 그런 말을 하는 건, 바한의 의
지이기도 한 건가요?"

"그럴 수도, 아닐 수도 있어."

"이해하기 어렵군요."

"나는 그분의 일부를 따를 뿐이야. 그분의 고아
한 뜻을 전부 다 알기에는 나의 머리가 그리 좋진
않아. 그저 사유하고 판단했을 뿐이야. 모든 결과
는 신만이 알겠지."

"좋아요. 이만 가 볼까요?"

"그러지."

‡　　‡　　‡

　생생하게 고개를 쳐들고 밟힐 수 없는 영역으로써 결계를 온건히 자랑했던 광한수림의 모든 나무들이 죽어 나갔다.

　죽어서도 몸을 숙이지 못한 나무들은 그 자세 그대로, 말라비틀어져 가며 시커먼 색깔로 변해 간다.

　광한수림에 존재하는 모든 사람들과 모든 동물들은 시체로 만들어진 성벽 안에 배회하는 벌레와 같았다.

　몰란덱은 바한의 변화와 환경의 변화에 정신을 제대로 차리기 어려운 기분이었다.

　"갑자기 이게……?"

　눈 한 번 깜빡할 사이에 세상이 달라진 걸 눈으로 목격한 사람의 심정이란 겪어 보지 못한 사람은 알 수가 없다.

몰란덱 역시 경험이 많고 지혜로운 데다가 육체적인 투쟁력으로 세계에서 제일이라 평가 받는 전사였지만…… 지금 이 순간만큼은 당황해서 손가락 하나조차 까닥하기 힘들었다.

우우우우!

동시에 광한수림 전체에 분포해 있던 모든 동물들이 하늘을 향해 울부짖었다.

그중에는 칼표범도 있었고, 복수신도 있었으며, 거대 사슴은 물론 벌레들까지 존재했다.

바한은 고개를 저었다.

완전한 각성을 이룬 바한.

시커먼 안개를 뿜어 대며 완전무결한 삼중 존재 개념의 각자로서 그는 몸을 세웠다.

세상이 달라 보였다.

그리고 고민이 늘어 가고 솟구치는 악의와 희열을 막아 내기가 힘들었다.

"마침내 온건한 나 자신을 찾았지만 상황이 고약하구나. 신의 영역은 어디까지란 말인가? 신은 도대체 무엇을 이야기하고 싶은 것이지? 굳이 나를 막기 위해서 이런 복잡한 일들을 벌일 필요가 있었던 것일까?"

알 수 없는 말을 중얼거리는 바한이었다.

몰란덱은 자신도 모르게 도끼를 쥐었다.

안개처럼 은은한 검은색 연기에 휩싸인 채 푸른 눈동자를 빛내는 바한의 모습은 도무지 상식적으로 받아들이기 힘든 기묘함이 있었다.

어떤 고약한 글쟁이의 표현력으로도, 어떤 대 화가의 화풍으로도 표현할 수 없는 분위기.

지금 그는 몰란덱의 시선에 있어 세상에서 가장 이질적인 존재였다.

이제는 신인지 인간인지조차 구분이 되지 않는 바한이었다.

"몰란덱."

"어, 에? 나, 날 불렀소?"

"그렇습니다. 우리 이제, 이곳을 나가야겠습니다."

이곳을 나간다.

굉장히 여러 가지 의미가 가득한 말이었지만, 몰란덱은 바한의 말을 깨달았다.

바한은 이 영역을 넘어, 죽어서 쓰러져 가는 광

한수림 자체를 빠져나가고자 하는 것이다. 세상을 향해 발걸음을 돌리려고 한다.

몰란덱은 가만히 바한을 보다가 도끼로 그를 겨누었다.

엄청난 무게감과 수많은 시체들을 생산해 냈던 초월적인 그의 도끼는 겨누어지는 것만으로도 숨이 턱턱 막히는 위압감이 있었다.

하지만 그것을 바라보는 바한의 눈동자는 여전히 냉정했다. 냉정함을 넘어서 뭔가 초월한 듯한 눈빛이었다.

몰란덱의 두꺼운 입이 천천히 열렸다.

"바한. 이렇게 하는 날 용서하시오. 하지만 나의 본능이 말하고 있소. 당신은 지금 세상을 향해 나아가서는 안 되오. 논리적으로 설명할 힘도 없고, 그럴 자신도 없으며, 그럴 의미가 없다는 것도 난 알고 있소. 왜 이러는지 나 자신도 모르겠소. 하지만 이것이 옳다고 누군가가 나에게 끊임없이 외치고 있소. 지금에 이르러 당신의 기묘한 힘이 나를 어찌할 수 있을 것 같지만 그럼에도 난 당신을 막을 수밖에 없소."

이상하게도 어렵고 친근감이 넘쳤던 조금 전의 바한을 향해 몰란덱은 도끼를 겨눈 것이다.

　그 의미의 남다름은 오직 몰란덱만이 알 수 있을 것이다.

　그걸 넘어서, 동료이자 친구로 여겼던 이에게 도끼를 겨눈다는 의미가 결코 가볍지는 않을 것이다.

　바한은 말이 없었다.

　그저 바다보다도 깊은 눈으로 몰란덱의 도끼와 그의 눈동자를 연이어 바라볼 뿐이었다.

　"바한, 여기서 움직이면 안 되오."

　"몰란덱."

　"바한."

　"몰란덱, 도끼를 거두기 바랍니다. 당신이 아무리 나에게 육체적인 해를 가한다 할지라도 지금의 나를 막을 수 없다는 거…… 이미 당신 스스로가 잘 알고 있을 겁니다."

　"……!"

　"나는 이곳을 나가야만 합니다."

　"나가서 도대체 무엇을 하려고 그러는 거요?

왜, 그 기묘한 힘으로 세상을 부수고 싶소? 아니
면 무언가를 증명하려 하는 거요? 도대체 왜 그러
는 거요!"

"내가 증명하고자 하는 것은 아무것도 없습니다.
이미 인간은 배신과 복수를 알았습니다. 더 이상
더할 것도, 덜할 것도 없습니다. 그렇기에 막아야
만 합니다."

"무엇을 막는다는 거요?"

"진정한 인류의 멸망."

몰란덱의 큼직한 눈동자가 끔뻑였다.

"신은 고약합니다. 그리고 나도 고약합니다. 천
년의 시간을 영위하며 강수를 두었다고 했는데, 저
쪽 신은 초강수로 맞대응을 했습니다. 하지만 그
맞대응이 당신들에게 마냥 유쾌한 방향으로 나아
가지 못하다는 게 문제입니다. 나를 위해서도, 당
신들을 위해서도 나는 이곳을 나가야 합니다."

"도대체 그게 무슨 소리요! 하나도 알아듣지 못
하겠소!"

"당신은 궁금하지 않습니까?"

"궁금하다니? 도대체 뭐가?"

"인간들이 타락하는 것이 먼저일까, 아니면 세상 모든 인간들이 멸망하는 게 먼저일까? 자연은 인간에게 어떤 판결을 내려 줄 수 있을까?"

냉정하면서도 지극히 감각적인 말이었다.

몰란텍은 소름이 오싹 돋는 걸 느꼈다.

바한은 웃었다.

이전, 고르고 등 일행에게 보였던 미소와 같았지만, 그보다도 훨씬 차갑고 냉정하고 악의에 찬 미소였다.

"함께 시대의 마지막이 될 수 있는 세상의 종말을 한번 보러 갑시다. 인간이 정말 타락할지 멸망할지 그도 아니면 구원을 받을지 두 눈으로 확인해야 되지 않겠습니까? 당신은 그럴 자격이 있습니다."

바한의 발걸음을 따라 회색늑대가 움직였다.

"나갑시다. 세상으로."

〈『신의 반란』 제5권에서 계속〉

도서출판 뿔미디어 홈페이지 OPEN!!

안녕하세요.
지금껏 저희 뿔미디어를 응원해 주신
독자님들의 성원에 힘입어
이번에 새롭게 홈페이지를 오픈하였습니다.

저희 뿔미디어는 홈페이지에서 독자님들께서
보다 빠른 출간 소식과 미리보기 등
알찬 내용을 제공하기 위해 많은 노력을 기울였습니다.
또한 독자님들에게 도서 할인, 이벤트 등
다양한 혜택을 제공하고자 합니다.

저희 뿔미디어 홈페이지 오픈을 계기로
한층 더 독자님들과 가까워질 수 있는 기회가 되었으면 합니다.

보다 많은 관심과 사랑 부탁드리며,
앞으로도 더 좋은 컨텐츠 제공에 힘쓰도록 하겠습니다.

감사합니다.

                              -도서출판 뿔미디어 올림-

 www.bbulmedia.com